OS INCONFIDENTES

Universo dos Livros Editora Ltda.
Avenida Ordem e Progresso, 157 - 8º andar - Conj. 803
CEP 01141-030 - Barra Funda - São Paulo/SP
Telefone/Fax: (11) 3392-3336
www.universodoslivros.com.br
e-mail: editor@universodoslivros.com.br
Siga-nos no Twitter: @univdoslivros

Carlos Alberto de Carvalho

São Paulo
2022

Grupo Editorial
UNIVERSO DOS LIVROS

Diretor editorial: **Luis Matos**
Editora-chefe: **Marcia Batista**
Assistentes editoriais: **Aline Graça e Letícia Nakamura**
Preparação: **Nina Soares**
Revisão: **Mariane Genaro e Cely Couto**
Arte: **Francine C. Silva e Valdinei Gomes**
Capa: **Zuleika Iamashita**

Dados Internacionais de Catalogação na Publicação (CIP)
(Câmara Brasileira do Livro, SP, Brasil)

C322i

Carvalho, Carlos Alberto de
Os inconfidentes : uma história de amor e liberdade / Carlos Alberto de Carvalho. – São Paulo: Universo dos Livros, 2016.
176 p.

ISBN: 978-85-503-0017-7

1. Literatura brasileira 2. Histórias de amor I. Título

CDD B869

Então o tempo corre...
Os anos contam...
A vida amadurece...
E melhor recordo
tua voz, teus olhos, tuas mãos
E melhor me vejo como teu filho:

Inês Maria.

PREFÁCIO

"Bárbara bela,
Do Norte estrela,
Que o meu destino
Sabes guiar,
De ti ausente
Triste somente
As horas passo
A suspirar.
Isto é castigo
Que o amor me dá"

É preciso talento para escrever um romance histórico digno de atenção e de respeito. E aqui encontramos uma narrativa perfeita com fatos bem apurados pelo autor. O limite exato entre o literário e o histórico. A dose certa entre o poético e o prosaico. As palavras corretas entre a ficção e a realidade. É notável como o autor consegue, em cada capítulo, apresentar uma história rica em detalhes a partir de um dos acontecimentos mais importantes da história do Brasil: a Inconfidência Mineira, de 1789. Mais do que isso, a forma como apresenta a personagem Bárbara Heliodora no decorrer do texto merece louvores.

Ainda não atinei os motivos que levaram Carlos Alberto de Carvalho a escolher-me para prefaciar seu livro. Algumas hipóteses para tal feito surgiram: a de que minha formação em História possibilitasse uma leitura atenta aos fatos, claro; o contato de Carlos Alberto com alguns textos de minha autoria acerca das mulheres em determinados períodos históricos; ou seria ainda pelo respeito demonstrado pela sua determinação em se manter autor-escritor no Brasil? Ou, finalmente, a escolha de meu nome teria sido motivada pelas palavras de incentivo para levar a cabo a presente empreitada? A verdade é que a deferência visa homenagear a mim, colega de trabalho que sempre se interessou por sua obstinação e qualidade como escritor de temas africanos e personagens brasileiros.

Misto de romance e história, o autor consegue transmitir às páginas de seu livro o entusiasmo em elucidar uma parte da história desse nosso "Brasilzão" ainda muito presa aos livros didáticos. Carlos descortina o palco mineiro e traz à cena uma mulher de personalidade e desejos evidentes. Bárbara Heliodora que, como tantas outras mulheres brasileiras, atuou como ninguém em variadas frentes de batalha. Batalhas do dia a dia. Batalhas pela vida.

Existe um ditado popular que diz: "Por trás de um grande homem, existe uma grande mulher", e exemplo melhor não teríamos. Bárbara, ou "Babe", como era conhecida pelos parentes, inicialmente e de forma sutil encontrou uma maneira de participar dos assuntos políticos em que se envolvia o marido, José de Alvarenga Peixoto.

Ah, as mulheres... Donas dos grandes antônimos da vida. E o leitor, dotado de observação sutil, não deixará de perceber a capacidade magistral de retratista da paisagem humana e social descrita ao longo do texto. Como a maior parte do livro transcorre durante o período colonial pelo qual passou o Brasil, inúmeros foram os artifícios e estratagemas empregados pela protagonista para se fazer presente, visto que era uma mulher e, dentro do sistema patriarcal, um mero instrumento de procriação. Inclusive, é ela, a protagonista, quem passa de esposa à conselheira não só de José de Alvarenga Peixoto, mas, indiretamente, de todos os inconfidentes.

Arrisco-me a dizer que Bárbara Heliodora, ao confabular, mesmo que por trás das cortinas, ou ainda, atrás das portas e ao pé do ouvido do marido, tornou-se um ícone da liberdade feminina e da luta por igualdade de gênero, assunto tão em voga hoje. Ela soube usar sua relação com um dos inconfidentes para expressar suas opiniões, ganhando o título de "heroína da Inconfidência Mineira".

O livro é um grande convite para viajar pelo rico cenário mineiro, oferecendo ao leitor um relato das transformações de uma aventura sem precedentes para um grupo de homens e uma mulher em especial que, a partir de suas necessidades, lutariam pelo que consideravam ser o melhor para Minas Gerais e, consequentemente, para o povo mineiro. Ou seja, "Liberdade ainda que tardia![1]". É a história de amor que ajudou a escrever a história do Brasil.

Por mim, recebi com alegria o honroso convite do ilustre colega de trabalho e amigo leal para dar uma olhada nos originais. Assim pude, antes do público leitor, maravilhar-me com o que aqui vai escrito.

Raquel de Castro Högemann é pós-graduada em História do Brasil pela Universidade Federal Fluminense.

---

1 Lema inscrito na bandeira do Estado de Minas Gerais. [N. E.]

Quem há de saber os governos do coração ou quem há de se deixar envolver pelos desmandos dos afetos?

Eles se deixaram conhecer e no envolvimento afetivo foram surpreendidos pelas mazelas constantes da vida. O infortúnio assaltou a vida do homem e da mulher, mas o equilíbrio fundamentado no amor deu-lhes segurança, paciência.

Sim, Alvarenga Peixoto e Bárbara Heliodora eram amantes e no amor garantiam-se.

Então...

ARRAIAL DE SÃO GONÇALO DO SAPUCAÍ, 1819

Ela tentou olhar através da grande janela, mas não se aguentou e tombou.

A criada a acudiu, solícita. Tomou-a nos braços, endireitou-lhe os travesseiros, correu e descerrou as cortinas, que impediam a luz do dia de entrar melhor.

– Melhorou, Bárbara? Ficou melhor? – perguntou.

A mulher aquiesceu com a cabeça. Seus gestos eram limitados, quase imperceptíveis.

– Estou melhor, sim... Cândida – respondeu afinal.

Aquela que fora considerada "a mais bela dos montes" jazia numa cama com movimentos lentos, rosto decrépito e cadavérico, olhos fundos e voz sumida.

Bárbara Heliodora, a bela mulher de olhos largos, sabia que estava prestes a morrer. Sua vida se esvaía, mas não sem antes perceber que fora intrépida.

Num gesto consciente, sacudiu a cabeça e resmungou.

– Que houve? Está sentindo dor?

– Não, Cândida, lembrei-me dela...

Cândida fechou os olhos, apertou os lábios e curvou-se sobre a outra mulher, enxugando-lhe a testa suada.

– Por que se lembrar dela? Que houve?

Subitamente uma rajada de vento seco e quente sacudiu as abas da grande janela e fustigou as jarras e as cortinas do quarto. O vento forte assustou a doente, que arregalou os olhos, espantada.

– Que foi isto? Que foi?

– Nada, não, não se apoquente... o vento – confortou Cândida.

Bárbara curvou o corpo adiante, apontou alegre para um canto do quarto e disse:

– Cândida, faz-me o favor de chamar minha filha, que está ali a nos olhar faz tempo, quieta?

A mulher estremeceu e passou as mãos nos braços, incomodada.

– Que filha, Bá? – indagou Cândida, desconfiada.

– Ora, que filha? A minha filha, ora essa! – aborreceu-se Bárbara.

Cândida voltou-se para o local apontado e nada viu. Então se inclinou.

– Bá, sua filha não está ali. Você está vendo coisas, sim?

– Claro que está! Ela está ali e eu estou vendo!

– Não, ela não está, Bá! – Cândida falou firme.

– Ela está ali, sim...! – Bárbara murmurou.

As duas mulheres ficaram a se olhar, compreensivas, cúmplices, e se calaram comovidas.

A cortina tremulou levemente e o galo cantou no terreiro enquanto o delírio de Bárbara sossegava. Reclinando a cabeça nos travesseiros, ela fechou os olhos.

Cândida cruzou os braços e ficou a olhar a outra, atenta, carinhosa.

– Você pode ir, Cândida, estou bem – Bárbara falou e abriu os olhos, confiante.

– Quero ficar, sou tua companhia; estou aqui para isso.

– Então, se quer, pode ficar, não é mesmo? E o silêncio cobriu o quarto, mas foi uma quietação surpreendente, quando tudo fala, mas não transmite bagunça ou sofreguidão; o silêncio dos aflitos que penetra surdamente as almas, que provoca mal-estar, mas não grita ou proclama seu poder, o silêncio insuportável da paciência.

Cândida descruzou os braços, estirou os pés e ajuntou as mãos, preparando-se para fazer as orações, suas preces pessoais.

Bárbara respirou profundamente, ainda incomodada pela presença da filha, que somente ela enxergara:

Estava ali, parada, toda sorrisos, a bela Maria Ifigênia.

PRIMEIRA PARTE

UM

COMARCA DO RIO DAS MORTES (ATUAL SÃO JOÃO DEL REY), 1776

A melodia percorreu toda a sala e um frenesi espalhou-se pelos convidados do casal dr. José da Silveira e d. Maria Josefa. A música boa, bem executada pelos músicos, atravessava o salão, mansa e insinuantemente, mas o estremecimento partiu da presença da jovem Bárbara assim que assomou no cimo da escada em curva, por cima dos convivas, com seu longo e vistoso vestido branco, bela, elegante e graciosa.

Um burburinho, um movimento de discreto estupor entre os convidados – principalmente entre os rapazes –, e ela descendo as escadas tendo à esquerda a irmã Ana Fortunata e à direita Francisca. Todos exclamavam:

– Vejam que moça encantadora!

– Como é graciosa!

– Que me olhe, bela Bárbara!

– Ah! Encantadora!

Os homens a espreitavam com desejo enquanto ela se destacava entre as irmãs e amigas.

Altiva, gestos comedidos, Bárbara se comportava além de sua idade adolescente, por isso, enquanto falava, admiravam-na tanto pelo talhe esbelto quanto pelas palavras e pela fala inteligente.

No grande salão, cercada de amigos e parentes, ciente de que era observada, Bárbara circulava livre como a nenhuma mulher ou moça era permitido, ia e vinha entre os braços das amigas e as gargalhadas solitárias e irônicas, truques femininos para atrair o olhar dos rapazes.

Ela, no entanto, não demonstrava a mínima preocupação em ser reparada, sua beleza incomum desde criança a fez acostumar-se com olhos indiscretos e mãos levianas. Bárbara estava pronta diante de todos.

Então o pai aproximou-se e pegou-lhe firme no punho, dizendo:

– Filha, venha cá, quero lhe apresentar...

– Ah, papai – Bárbara interrompeu. – Outro rapaz para mim? – lamentou.

O pai sorriu sem graça.

– Não um homem como os outros, mas um rapaz de quem vai gostar, sim? – sussurrou ao ouvido da filha o dr. Silveira.

Bárbara sacudiu os ombros, arqueou as sobrancelhas e seguiu:

– Pois bem, vamos lá!

E cruzaram o salão, dr. Silveira, sério e satisfeito, e Bárbara, divertida, embora longe de acreditar que gostaria do mais novo pretendente.

Pai e filha caminhavam entre os convidados, não sem chamar muita atenção, visto que a presença da moça provocava os olhares e sua fala e riso anunciavam a alegria que havia em si, até que subitamente alguém a segurou pelo braço esquerdo.

– Sou eu! Estou aqui, senhorita!

Bárbara tinha sobre si muitos olhares. Surpresa, observava o homem que ousou tocar-lhe na frente de todos. Seu pai, logo atrás, adiantou-se e apresentou o rapaz:

– Bárbara, este é o sr. José de Alvarenga.

A moça olhou o homem com atenção e sorriu.

– O senhor me assustou! – disse jovialmente.

O jovem de traços finos, rosto forte e compleição magra retrucou, sério:

– Senhorita, não era minha intenção!

– Ah! Que importa? Finalmente conhecemo-nos para satisfação de papai – Bárbara falou irônica.

– Bárbara! – repreendeu o pai.

A jovem sorriu e aproximou-se de Alvarenga.

– Seus olhos me agradaram, senhor. Posso dizer isso?

O rapaz inclinou a cabeça, sem jeito. "Que moça encantadora encontrei por aqui! Que beleza de moça, meu Deus!", pensou e suspirou, olhando-a fascinado.

Bárbara soltou uma gargalhada e puxou-o pela mão.

– Vamos! Vamos sair daqui, está abafado! – disse voluntariosa.

Dr. Silveira permaneceu e olhou-os se afastarem.

Por entre a multidão, num movimento divertido entre encontrões e esbarrões, chegaram ao outro lado do salão, na saída que dava para o grande jardim.

– O que veio fazer aqui? – Bárbara quis saber. Estava sentada numa pedra no meio das roseiras, com rosas enormes sobre a cabeça.

Alvarenga a observava atentamente. Bárbara era fascinante com as palavras, os gestos e as atitudes. Desde a hora da repentina apresentação, ela falara de tudo, menos dele. Essa era a primeira pergunta pessoal.

– Vim para ficar. Preciso ficar em algum lugar... e gostei daqui – respondeu o moço.

– Gostou? – Ela ergueu-se, dirigindo-se a ele, confiante. – Então veio para morar nas Minas Gerais?

– Não estou dizendo? Sim, claro! – confirmou.

Diante daquele homem franzino e de baixa estatura, Bárbara parecia maior; sim, ela estava enorme, colossal, maior que ele, dominadora: a Heliodora!

Alvarenga recusou a ideia de que era menor que ela, intimidado. Bárbara aproximou-se demais, convencida de incomodá-lo com a sua presença deveras marcante. Ela estabeleceu o conflito. Quem era maior? Que fazer? Ele tinha que tomar uma atitude... Falar o quê? Como ser o dono da hora?

Alvarenga olhou-a firme e disse:

– Fui nomeado ouvidor da Comarca do Rio das Mortes. Logo tomarei posse.

– Ah, sim, você veio mesmo para ficar! – a moça falou com voz sussurrante, em tom irônico.

A porta que dava para o jardim abriu-se abruptamente e o dr. Silveira avançou, acompanhado da melodia e das vozes dos convivas. Alvarenga empertigou-se e Bárbara manteve-se impassível.

Um casal conversando a sós no jardim!

O pai olhou o homem sem receio:

– Que tanto conversavam por aqui, enquanto a festa estava boa lá dentro? Que houve? – quis saber.

Bárbara voltou à pedra e sentou-se. Alvarenga se mostrou desconcertado, mas a moça respondeu:

– Pai, o senhor sabia que o sr. Alvarenga veio para ficar?

O dr. Silveira fez que sim com a cabeça.

– Ele precisa, então, de um lugar para alojar-se, ou melhor, de uma família que o abrigue por alguns dias! – Bárbara falou alto e com voz firme.

O pai desviou o olhar, mas ela prosseguiu:

– Por que não o hospeda, papai? – perguntou.

Os dois homens olharam-se rapidamente, mas desviaram os olhares por um instante antes de, em seguida, fitarem-se longamente.

– Papai, por que não? Ele precisa que alguém cuide dele! – insistiu Bárbara.

Alvarenga, de tão desconcertado, sorriu constrangido. "Como uma garota era tão imperiosa? Que haveria de ser naquela casa em sua companhia?". Ele fitava o pai da moça, desarmado.

– É, pode ser, Bárbara, por que não? – murmurou e pigarreou o pai.

Resoluta, Bárbara ergueu-se, anunciando:

– Contarei à mamãe sobre o novo hóspede e pedirei que Bené arrume o último quarto do andar superior à esquerda. Está pronto! – Ao falar isso, retirou-se com passos fortes sem se voltar, deixando os dois homens constrangidos para trás.

– Senhor, que é isto? Não precisa se incomodar comigo! Sua filha Bárbara é muito gentil e carinhosa! Posso me resolver logo, logo! – o advogado falou rápido e inclinou a cabeça.

Dr. Silveira, refeito das impressões que Bárbara provocou, retrucou:

– Está decidido, o senhor fica. Minha filha quer, então respeitarei. Sossegue e vá ao quarto para descansar logo.

Ambos os homens se dirigiram ao interior da casa.

Os olhos de Alvarenga estavam marejados de lágrimas. "Que moça querida e boa! Como pude conhecer tão formosa, cheia de predicados e bons modos? Que bela menina! Tenho de vê-la mais vezes...", pensava o ouvidor, com o coração descompassado.

O som melodioso do piano impregnava todo o interior e os arredores da casa.

Além dos mosquitos que infestavam a larga e circundante varanda, o calor sufocante adentrava pela janela no movimentado salão, não impedindo a jovem Bárbara de ser a atração fascinante da festa.

– Soube que o senhor também é poeta, é verdade? – perguntou ao aproximar-se mais uma vez de Alvarenga, que conversava com Cláudio Manuel da Costa. Enquanto o primeiro encheu o peito, contente, o outro se sentiu constrangido e cerrou as espessas sobrancelhas.

Sorrindo satisfeito, Alvarenga cruzou os braços e confirmou:

– Sim, sou poeta. Escrevo alguns versos de inspiração clássica, como um novo Horácio.

– Ou Ovídio, não é mesmo? – acrescentou dr. Cláudio, olhando Bárbara, intimidado.

– Você lê? Gosta de poesia? – Alvarenga perguntou interessado.

– Leio, leio até demais! Creio que as mulheres deveriam ler mais!

– Para quê? – intrometeu-se dr. Cláudio.

– Ora, para quê?! Porque assim não ficariam tão submissas e sem ação perante os homens! – respondeu Bárbara de maneira afrontosa.

– Mesmo assim não serviria para nada! – debochou o velho Cláudio.

Bárbara mirou-o firmemente e acrescentou:

– Admira-me muito que um poeta e um homem com a sua instrução pense dessa maneira.

Dr. Cláudio fez-se sério e Alvarenga deu um passo à frente.

– Mas a poesia traz muitas coisas boas à lembrança, não é mesmo? – desconversou.

Bárbara ainda tinha os olhos fixos no outro. Dr. Cláudio sentiu-se constrangido.

– Aqui está um pouco abafado, vou lá ao jardim refrescar-me – disse e retirou-se.

A jovem seguiu-o com o olhar.

– Mas que coisa! É de quem menos esperamos que surgem as abobrinhas e afrontas. Um poeta...

– Deixe-o. Fiquemos nós com as nossas coisas!

– Que coisas? – surpreendeu-se Bárbara.

O rapaz sorriu. Ela admirou-lhe a boca e os dentes. "Que boca bonita, os dentes perfeitos", considerou.

Alvarenga inclinou-se.

– As coisas que podemos criar enquanto poetas – disse o rapaz, animado.

– Como sabe que escrevo poemas? – perguntou Bárbara.

– Seu irmão Joaquim me contou ontem à tarde no fórum – explicou.

– Hã?!

– E me mostrou...

– Quê? Como ousou? – aborreceu-se Bárbara.

A menina fez que ia sair, mas Alvarenga tocou-a no braço esquerdo.

– Acalme-se, moça! Por que isso? Gostei do que li, você tem sabor.

Os grandes olhos de Bárbara arregalaram-se. "É um elogio ou ele quer me manter junto a si?", inquietou-se.

– Como sabe? Como fizeram isso comigo?

– Ora, sou poeta, também escrevo! Seus versos são bons no ritmo, na rima. Ah, gostei até de um soneto... Como você fez bem o soneto, minha querida! – empolgou-se.

Alguns circunstantes observavam a intimidade do casal. Ele ainda a segurava no braço. Por que a tocava? Por que a segurava? A bela Bárbara sempre fora muito bem cortejada, mas desse Alvarenga não se afastava mais. O que conversavam? Pensavam muito nisso, queriam saber, ouvir.

Ela enrubesceu. Seu rosto ficou tão vermelho que José de Alvarenga desviou o olhar, desconcertado.

– Por que me fala assim, senhor?

– Senhor? Que houve?

– Não sei escrever bem, mas você é um verdadeiro poeta.

E então Bárbara olhou-o com firmeza, percebeu melhor os traços delicados do homem à sua frente. Os lábios delgados, os olhos levemente puxados, as sobrancelhas delineadas, delicadas, e a voz, a voz suave, melodiosa, calma. Voz de poeta? Ela se embalava nas sílabas pronunciadas pelo rapaz.

Ele desviou o olhar mais uma vez e ela inclinou a cabeça. O silêncio entre ambos permitiu que a música mexesse com os seus pensamentos.

– E os versos, poderei ler melhor? – persistiu Alvarenga.

– Como quiser... Já leu sem mim mesmo! – disse uma displicente Bárbara.

– Ah, não quero permissão assim!

– Assim, como?

– Assim, de qualquer maneira, porque li coisas boas, minha...

– Minha...? – interrompeu Bárbara, fitando-o seriamente.

–... Minha... Minha querida Bárbara! – falou finalmente.

Ela fez-se séria, mas em seu íntimo estava nervosa com o coração pulsando forte, descompassado. "Que é isso? Que fazer agora? Como resistir a ele e não desmaiar ou provocar um vexame? Que alguém me salve desse momento!", refletia aflita.

Alvarenga apenas sorria. Bárbara permanecia séria, aguardando mais alguma coisa, quando subitamente sua irmã Ana aproximou-se e inclinou-se ao seu ouvido.

– Papai quer lhe falar. Diz que se demora por aqui com ele! – Bárbara riu e respondeu:

– Não estou a demorar, mas estou em palestra com o senhor Alvarenga. É conversa boa, interessante.

Ana esboçou um sorriso sem graça e confiou:

– Ele pediu que entrasse, Bárbara!

Alvarenga, desconcertado ante as duas irmãs, disse:

– Creio que é melhor entrar, Bárbara. Senhorita...? Srta. Bárbara? – exasperou-se totalmente.

– Não! Senhorita não. Bá! Agora pode me chamar de Bá – recomendou.

Tanto o rapaz quanto a irmã estavam surpresos. E então juntou-se ao grupo o pai, dr. Silveira.

– Por que não entram, filhos? Aqui no jardim por tanto tempo no sereno?

– Vamos entrar logo, papai! – respondeu Bárbara.

– Entrem, então! – ordenou dr. Silveira.

Bárbara percebeu o quanto o rapaz se encontrava intimidado, então acercou-se de súbito do pai, animada:

– Pai, o senhor Alvarenga solicitou estadia no nosso quarto de hóspede não somente por hoje, mas por um maior tempo, não é mesmo, meu senhor? – Bárbara comunicou e ficou aguardando a resposta, sorrindo.

O pai parecia estarrecido.

Todos os circunstantes apreciavam atônitos pai e filha, que agora já estavam no centro do salão, resolvendo seus desejos.

– O senhor pediu isso, sr. Alvarenga?

– Não, senhor. A senhorita Bárbara me ofereceu – respondeu Alvarenga sem jeito.

– E o que pretende fazer?

– Nada, somente o que for necessário.

– O senhor deseja permanecer em minha casa como hóspede por um longo período? Responda!

José de Alvarenga mantinha a cabeça abaixada. Não podia erguê-la porque Bárbara, feliz, atrás do pai, fazia-lhe caretas e outros gestos caricatos. Se ele se atentasse estaria se expondo ao ridículo; caso soltasse, como temia, forte e alta gargalhada.

– Bem, senhor, não tenho ainda onde me hospedar... Ficaria lisonjeado e grato por toda a vida se me acolhesse até meu pleno estabelecimento na cidade.

Dr. Silveira pôs as mãos na grande barriga e prorrompeu em grande gargalhada.

– Que houve? O que sucede? – perguntavam confusos.

Bárbara olhava Alvarenga, admirada.

– O senhor Alvarenga pode permanecer por um longo período em minha residência. A casa é sua, rapaz! – disse dr. Silveira.

Alvarenga sentiu-se entusiasmado e ficou a contemplar Bárbara, que o olhava atentamente.

– Papai, o senhor Alvarenga será uma boa companhia e um querido hóspede! – disse e em seguida desapareceu.

Os homens, surpreendidos, não prosseguiram a conversa. Contudo, Alvarenga agradeceu.

– Fico imensamente grato, dr. Silveira!

– Por nada, filho, por nada!

Ana, que permaneceu por ali, pensava: "Bárbara está tão contente com esse moço doutor...! Aí tem coisa...

DOIS

COMARCA DO RIO DAS MORTES, 1777

O calor insuportável daqueles dias provocou Bárbara e muitos habitantes da redondeza: a inquietação estava presente tanto nas conversas, nas orações e ladainhas proferidas no interior da igreja de São Francisco como no andar do povo, no vaivém entre a praça, o comércio e a casa.

– Você está gostando dele! – disse Ana diante da irmã.

– Não repita isso! Não fale bobagem! – falou, ríspida.

– Pois falo, é a verdade! – asseverou Ana.

– Quer ver? – ameaçou Bárbara!

– O quê?

– Quer ver eu chamar mamãe e você se arrepender do que me disse?

Ana sorriu.

– Mas o quê, Bárbara, você vai fazer isso? Mas eu digo a verdade: você está gostando dele!

E então Bárbara aquiesceu. Voltou-se para a irmã com olhos que falavam, seus gestos eram repetitivos e a boca tentava articular alguma frase.

– Por que está inquieta? Por quê? – queria saber Ana.

– Que fazer? Ana, que fazer? – confiou Bárbara.

As duas se olharam penetrantemente. Ambas esboçaram um sorriso e abraçaram-se nervosas, rindo em demasia.

– Em que enrascada me meti! Não queria isso ainda – desabafou Bárbara.

– Ele é um bom moço, Bárbara. E papai gosta demais dele, como se fosse outro filho... – considerou Ana.

– E fui eu quem o colocou no mesmo teto! E agora?

– Agora é se guardar para que ele não perceba ou...

– Já percebeu, boba – interrompeu Bárbara –, e ainda tira proveito disso. Parece zombar de me ver olhando, me aproximando, quase tocando-lhe, que horrível! – agitou-se toda como em um súbito arrepio.

Ana abraçou-a mais uma vez, dizendo:

– Vamos. É hora de entrar para a ceia.

– Estou sem fome; não tenho mais apetite e só emagreço depois que fui tomada por ele. Só penso nele e quero estar onde ele está, Ana!

– Oh! Que bonito! Você ama sim, minha irmã. Então vamos nos ajeitar lá dentro. Não deixe que mamãe perceba ainda, sim?

Bárbara assentiu e entrou na casa.

Meses depois, a família Silveira e Souza rumava para a grande, aconchegante e arejada casa de Cláudio Manuel da Costa, porque lá aconteceria o concorrido sarau anual promovido pelo poeta e jurista.

A casa assombrada, elegantemente traçada com ampla abertura e largo pátio no térreo e grandes janelões no segundo andar, dava ao secretário do governo boa impressão de homem bem-sucedido e gosto refinado.

Bárbara adentrou no vasto salão acompanhada de d. Josefa e quatro irmãs: Ana, Maria Márcia, Maria Cândida e Francisca. Ao estacarem à entrada, todos se voltaram para contemplar as belas irmãs, contudo, Bárbara se destacava tanto pelo penteado quanto pelo belo traje branco e carmesim, e também por sua singular formosura.

Ela avançou, pois queria chegar à janela que dava para a rua. Ana a acompanhou.

– O que quer? Por que veio para perto dos homens?

– Que nada! Vim para vê-lo chegar, Ana.

– Saudade...?

– Não sei! Sei que pouco conversamos nas duas últimas semanas! – confessou.

Ela olhava, atenta, quando ouviu o trotar de cavalos. "É ele, só pode ser! Meu Deus, que seja!", pensava enquanto o coração batia descompassado.

O cavaleiro que se aproximava sozinho era de fato Alvarenga Peixoto. Ele olhou para cima e a avistou. Estacou, pôs a mão no chapéu, retirou-o e acenou para Bárbara.

Ela sorriu contente.

– É ele? Ele chegou, Bárbara? – quis saber Ana.

– Sim, está vindo. Ganhei a noite, minha irmã. Nada do tédio de conversar e dançar com outro. – Os olhos de Bárbara brilhavam, as mãos se apertavam e ela arfava, ofegante. – Quero água! Pode me trazer, Ana?

– Sim, claro, vou buscar.

E os instrumentos afinados executavam um minueto. A música transitava entre os convivas agradavelmente. Bárbara olhava atenta a porta principal.

Então Alvarenga entrou no salão, onde foi abordado pelo pai de Bárbara e pelo irmão dela, Joaquim Maria.

Bárbara arqueou as sobrancelhas, curiosa. "O que papai e Joaquim conversam com José? Estão sérios? Que houve? Devo me aproximar?", pensava.

Ana retornou com a água.

– Beba, está pálida. Que houve? Só porque viu o José de Alvarenga está passando mal?

– Ana... Ana... deixa disso! Que nada, só um mal-estar – desconversou.

– Mal-estar? Está pálida, nem consegue respirar! – respondeu a irmã.

– Vamos, sossegue, Ana. Está tudo bem! – falou e sentou na cadeira próxima.

E as duas ficaram entretidas e silenciosas a observar os gestos e o diálogo dos três homens, quase lendo os lábios, principalmente do pai.

– Que será que tanto conversam? – perguntou Ana, curiosa.

– É sobre mim, tenho certeza! – garantiu Bárbara.

– Sobre você? Por quê?

– Vamos ver ainda hoje.

E silenciaram-se, observando.

O mais entusiasmado era dr. Silveira, que estava deveras contente.

– E o que pretende depois do casamento, filho? – perguntou a José de Alvarenga.

– Primeiro, quero me estabelecer melhor na comarca, subir mais algum degrau, entende?

– Sim, entendo e sei que você conseguirá, porque só respira trabalho – elogiou.

– Pai, ele só trabalha. Nem caçar no domingo, ele aceita: estuda em seu quarto – ajuntou Joaquim.

– E ela? Ela gostará, meu filho? – quis saber dr. Silveira.

– Creio que a sua filha me ame, doutor! – Alvarenga disse com convicção.

– Claro que ama, pai. Ela vive agora atrás dele, espiando-o, querendo saber sobre ele, não consegue disfarçar – entregou Joaquim.

– Ela tem um gênio difícil. É brava, mas tem uma honestidade e dignidade sobremaneira – falou o pai.

– Nem reconheço mais a Bárbara, pai. Vive pelos cantos melancólica, clama, nem parece mais aquela mocinha furiosa de antes – alertou Joaquim.

– Então é hora! Vamos! Chamemos dr. Costa e anunciemos o noivado – impôs dr. Silveira.

José de Alvarenga enrubesceu e disse:

– A-a-agora, senhor? Agora?! – gaguejou.

– Por que não? Que outra ocasião senão esta?

O jovem aflito olhou desesperançado para Bárbara, que permanecia ao lado das irmãs do outro lado do salão e o retribuiu com um olhar vago, temerosa que estava.

O anfitrião aproximou-se e sussurrou ao ouvido do jovem pretendente:

– É isso que realmente quer? Tem certeza?

– Sim, claro, tenho! – retrucou o noivo.

Então Cláudio Manuel fez um gesto com as mãos e a música cessou. Os convidados avolumaram-se ao longo das paredes, curiosos.

– Meu Deus, não – murmurou Bárbara.

– Hum! Humm... hum... – gemeu Alvarenga.

– Quero anunciar algo alvissareiro, senhores e senhoras: o noivado do jovem dr. Inácio José de Alvarenga com a srta. Bárbara Heliodora!

Ao frenesi dos convivas juntou-se o grito de Ana, porque Bárbara desfaleceu e tombou no chão.

– Acudam minha irmã!

José de Alvarenga, num átimo, em passos ligeiros acorreu e pôs Bárbara nos braços, suspendendo-a diante de todos.

– Afastem-se, ela precisa de ar... – orientou o rapaz.

As irmãs, a mãe e o pai da moça o observavam. Nervoso, ele a inclinou numa poltrona num canto da sala. Todos se mantiveram distantes.

– Bárbara, querida? Que houve?

Passaram-se alguns minutos, com Ana esfregando-lhe o pulso e Francisca abanando-lhe as faces. Uma escrava trouxe água.

– Ah! Está recobrando os sentidos... – constatou Ana.

Bárbara piscou ao recobrar os sentidos.

– Que aconteceu? Por que me olham?

– Meu bem, você desmaiou – explicou José de Alvarenga.

– Hã? Ah, você me fez a surpresa do... do... noivado, José? – aborreceu-se.

– Era minha surpresa!

O pai então alteou a voz e convidou:

– Vamos! Vamos, minha gente. Minha filha agora está bem. Ela vai conversar um pouco... Recompor-se e retornará em breve, não é mesmo, Bárbara?

– Papai? Hã? Precisa...?

– Claro, filha. É ocasião boa seu noivado! – disse o homem, feliz.

– Do qual eu não sabia... – completou a filha.

– Vamos sair daqui? Você precisa de ar fresco – incentivou Ana.

Envergonhada, ou melhor, intimidada, porque a fitavam fixamente, Bárbara obedeceu prontamente.

Quando retornou, instantes depois, transbordava de alegria. Estava bem diferente da pálida e assustada moça que desmaiara diante de todos.

– Que houve? – quis saber Alvarenga.

– Ainda pergunta?

– Ora, você não quer casar comigo?

– Claro que quero e consinto, mas você me surpreendeu. Como poderia não ficar assustada? Vocês arrumaram tudo e me esqueceram – desabafou.

Alguns convidados a olhavam intrigados. Pensavam "Que ela quer?", "Que mocinha insolente e cheia de si!", "Como saberemos se realmente gosta dele ou se é somente ambição?".

Bárbara sabia que era observada, mas o momento íntimo tempestuoso havia passado. Agora deslizava pelo salão entre sorrisos e gestos afáveis.

Fora conduzida ao grandioso quarto de hóspede pela irmã, Ana, que lhe segurava a mão. Cláudio acompanhava-as com indiferença à frente enquanto Alvarenga ia atrás, prestimoso, cheio de cuidados.

Lá, deram-lhe chá e ela repousou instantes na cama, observada e mimada pela irmã e pelo noivo, que se mostrava nervoso, apreensivo.

– Por que não me contou?

Ele desviou o olhar e depois voltou-se tranquilo.

– ...era surpresa – disse. – Vamos? Podemos? – perguntou.

De volta ao salão, num gesto de extrema alegria, ela gritou:

– Anunciamos a todos nosso matrimônio em breve! E palmas foram escutadas numa intensidade incomum.

Bárbara resplendia, luminosa; as tantas outras mulheres da sala a invejavam, importantes.

LISBOA, REAL PAÇO DE NOSSA SENHORA DA AJUDA, MAIO DE 1777

O vento açoitava a janela e era tão fustigante, ou mesmo impetuoso, que uma das abas se abriu e derrubou os jarros com gerânios.

Ao mesmo tempo, a rainha se contorcia em grande aflição num dos seus sonhos angustiantes. A mulher transpirava e gemia em uma inquietação esquisita: queria gritar, mas era impedida. A alma era atormentada pelos escondidos segredos do coração.

Quando o jarro tocou o chão, espatifando-se, D. Maria Francisca Isabel Josefa Antônia Gertrudes Rita Joana sentou-se abruptamente na cama e gritou:

– Jesus, valha-me!

O grito ainda enchia o quarto quando as criadas a acudiram, acalmando-a.

– Que houve, minha senhora? Que aconteceu?

A rainha ainda permanecia em estado letárgico. Seus gestos estavam intermitentes e a voz lhe sumira. A afonia súbita deu-lhe mais receio, então esbravejou:

– Demônios! Demônios! Eles me querem ter e afligem-me! Não tenho paz, meu Deus!

– Acalme-se, senhora. Foi um sonho. Tudo está bem, acalme--se – pediram as criadas e a dama de companhia, que ouviu o desatino e prontamente veio em socorro.

Transtornada, com olhos esbugalhados e vermelhos, boca trêmula, mãos crispadas e voz rouca, a mulher se perguntava:

– Que houve comigo? Que há? Por que eles me perseguem? – gritava quase demente.

Chamaram o filho, D. João Maria, que veio em passos célebres.

– Mamãe?! Oh! Mamãe, acalma-se, passou...

A rainha aquietou-se e abraçou o filho, chorosa.

– Eles me querem, filho! – murmurou sofrida.

– Quem, mãe?

– Eles, os demônios... – respondeu com voz fraca.

O filho logo compreendeu que mais uma vez a mãe sofrera um pesadelo. A rainha estava obcecada pela desconfiança de que o pai não se salvara, que fora ao inferno. Esse tormento a tolhia o entusiasmo, e quase todas as noites gritava desesperada pela perda eterna do pai.

– Papai geme entre os demônios! – gritava. – Meu pai precisa de oração! Como poderei recuperar o rei morto?

E assim todo o palácio não dormia, assombrado com gritos e lamentos da nova rainha.

Sua dívida com o reino dos céus era enorme, porque o pai, D. José I, aconselhado pelo marquês de Pombal, perseguira e expulsara os jesuítas do reino. A dívida não a tranquilizava, não tinha trégua. Então, apavorada, à noite ou na madrugada, corria pelos corredores.

– Papai está ardendo nos infernos. Um monte de carvão calcinado! – berrava, fora de si.

Rainha de traços duros, gestos grosseiros e semblante nada agradável, no entanto tinha uma voz de timbre suave além do olhar tímido, não arrogante, que não distraía os circunstantes; melhor, atraía para si.

Ao falecer o pai, tornou-se rainha dum reino em que os homens dominavam sobremaneira, principalmente o marquês de Pombal.

Plena de autoridade, ciente de sua imposição como monarca da dinastia de Bragança, tomou para si o compromisso de destituir o marquês de seu cargo prestigioso de ministro: demitiu-o e o exilou imediatamente, pois não o suportava há muito em sua corte.

– Quero vê-lo longe de mim! Este mal que trouxe desgraças deveras ao reino de Portugal! – disse imperiosa.

E o grande e poderoso marquês de Pombal viu-se sozinho, desamparado perante uma pequena mulher: a rainha de Portugal, D. Maria I.

– Este marquês trouxe a ruína espiritual ao meu reino! Não o quero diante de mim! Papai o bajulava; eu o desprezo! – afirmou a mulher mais poderosa de Portugal.

E ordem real deve ser executada. O marquês partiu para o exílio, e D. Maria suspirou aliviada.

SÃO GONÇALO DO SAPUCAÍ, 1777

A chuva cobria como um manto branco todo o campo diante do casarão do desembargador Luís Ferreira. No gabinete do anfitrião, estavam com as portas semicerradas o pai, o noivo, o irmão Joaquim e o dono da casa.

Atenta, Bárbara mantinha silêncio. Olhava e não queria escutar a conversa dos homens. Ela contemplava a floresta ao fundo do campo enquanto lutava para se desvencilhar da conversa de d. Rachel e de suas duas filhas adolescentes. Que fazer? Estava em casa alheia como visita e entre outras mulheres. Por fim, cedeu instantes, mas a conversa não rendia. Então pôs-se de pé e, com os olhos, procurou ocupar-se e livrar-se do enfado das conversas domésticas inúteis e ordinárias.

– Sempre me agradou a chuva – disse melancólica.

– A mim, não – retrucou Rachel.

– São os meus melhores dias!

– Hã? Que coisa, Bárbara. Você então gosta mesmo.

– Gosto, sim, não disse?

E o tamborilar do chuvisco no alpendre a distraía dos olhos vorazes das duas mocinhas e da boca incessante de d. Rachel. "O que tanto conversam naquela sala? Que fazer por aqui com essas mulheres que só falam de tecido e bailes?", assim pensava e não se distraía...

– Bárbara...? Filha, você quer café com bolo de milho? – perguntava d. Rachel enquanto Bárbara estava absorta nos pensamentos.

– Hã? Ah! Sim, quero, quero sim.

A mulher retirou-se sacudindo a cabeça e as filhas permaneceram. A torrente incessante fascinava Bárbara, que apenas olhava. A chuva era intensa e fez-se como uma cortina espessa através da qual não se via mais a floresta ao fundo. O ribombar dos trovões e os raios tornavam o ambiente mais assustador. Bárbara então aproximou-se do parapeito da janela e debruçou-se esticando o pescoço a fim de encharcar a cabeça com a água abundante, enquanto as filhas do desembargador entreolhavam-se espantadas. A atitude de Bárbara não era comum.

D. Rachel retornou com a bandeja e o lanche, mas estacou surpresa à entrada da sala.

– Minha filha, retire a cabeça daí, não tem medo dos raios? – gritou.

Bárbara voltou-se sorrindo e torcendo os longos cabelos encharcados.

– Não, não tenho medo; nunca tive! – respondeu, e dirigiu-se à mulher com avidez, pois estava com fome: – Ah! Parecem gostosos, os bolinhos!

D. Rachel olhava-a admirada.

– É, minha filha, você gosta mesmo de chuva. Nunca vi coisa igual.

– Isso, isso mesmo, a água também me encanta, e como! – falava e comia a bela.

A porta abriu-se jogando para fora as vozes inflamadas dos homens. Bárbara empertigou-se e ajeitou o vestido.

Alvarenga sorriu quando a olhou.

– Você está molhada? Que houve?

– Ela molhou-se na chuva! – respondeu uma das filhas do desembargador, a dentuça e de queixo grande.

– Oh! Como foi isso?

– Deu-me vontade, então deixei minha cabeça para fora da janela!

– E poderia trazer um raio aqui para casa! – acrescentou, d. Rachel, aflita.

Alvarenga pôs a mão na cintura e respondeu, piscando para Bárbara:

– Não creio que um raio queira ferir moça tão bela quanto d. Bárbara, por isso deixou-a banhar-se com os cabelos o tempo que quis.

Todos fitaram a jovem; em seguida, os olhos voltaram-se para as filhas feias do sr. Luís Ferreira.

D. Rachel retirou o desconforto ao anunciar que deviam experimentar os bolinhos de milho.

– Estão deliciosos! – aprovou Bárbara. Discretamente, as duas moças mais jovens saíram da sala.

– Parece que teremos água pela tarde toda e a estrada deve estar insuportável, então que fiquem por aqui até a ceia – convidou o desembargador.

Os homens aquiesceram e bebidas foram servidas.

– O que conversavam lá dentro que demorou tanto? – quis saber Bárbara.

– Negócios de homem... Terrenos e casas aqui de São Gonçalo... – respondeu Alvarenga.

– E como são coisas de homem, mulheres não podem participar? Por que não?

Alvarenga olhou-a, intrigado. "Como se sair dessa? Jamais soube de mulher que se interessasse por assuntos tão fora do ambiente doméstico! De onde saiu essa garota?", pensou entre desconcertado e cada vez mais apaixonado.

– Não sei, Bárbara, coisa de homem porque as mulheres não participam... E eu não saberia o que fazer se você estivesse por lá.

– Eu bem saberia o que fazer e o que falar, mesmo se você estivesse por lá – replicou resoluta.

O homem a fitou sério. Ela não desviou o olhar, retribuindo-o penetrantemente.

– Diga-me, o que vocês trataram além dos terrenos e casas de São Gonçalo? – Bárbara perguntou com voz suave.

Ele sorriu sem vontade.

– Estamos insatisfeitos com os impostos e eu não quero mais viver só de meu emprego na Câmara.

– Só isso? Nada mais?

– Sim, sim, minha querida. Vou comprar terreno por aqui, crescer meus bens... O futuro me pede, não?

– Creio que sim, mas não entendo por que tudo tinha de ser escondido, naquele segredo de gabinete do senhor Ferreira – desabafou Bárbara, esperta.

Alvarenga, desapontado porque Bárbara insistia, por fim revelou:

– Não estamos satisfeitos com as coisas, Bárbara. O governo de D. Maria I nos desagrada deveras! São impostos que nos arruínam e não podemos progredir sem grandes despesas. É um governo de ruína e todo o ouro, diamante e prata vão para os tesouros públicos de Lisboa. Isso está errado! É nosso e não usufruímos!

Alvarenga falava com veemência e a moça observava-o com gosto:

– Então vocês não querem mais pagar?

– Não, nada disso. Como não pagar?

– Pois eu não pagaria mais nada! Se não me aproveita, que tudo se perca! – falou alto a última frase, e o irmão Joaquim se aproximou.

O casal emudeceu e disfarçou outra conversa. O rapaz ficou desconfiado.

– Bem, comprar uma fazenda por aqui até que me agrada: terra boa, fértil, chuva que cai bem; o solo já está tratado – entusiasmou-se Alvarenga.

– Sim, gostei daqui, bem que aprovo, senhor – revelou a futura esposa.

Joaquim intrometeu-se:

– Como é isso? Ele quer comprar e você é quem aprova?

– Sim, tudo tratarei com Bárbara. Se ela decide, então me favorece! – explicou o noivo.

O irmão calou-se, embaraçado com a resposta convicta do cunhado, e Bárbara sorriu satisfeita.

TRÊS

COMARCA DO RIO DAS MORTES, 1779

As mulheres atravessavam a sala entre esbarrões, passos apressados e olhares nervosos. D. Maria Josefa estava à porta do quarto, silenciosa, mas com gestos frenéticos incentivava as escravas a buscar mais água nas grandes bacias, enquanto olhava aflita com os olhos cheios de lágrimas. Bárbara estava quase imóvel agora, e seus gestos eram inexpressivos.

"Que farei se ela morrer? Como poderei ter paz? Minha filha não reage bem...", pensava. Exclamou:

– Vamos! Acudam! Socorram Bárbara! – urgia a mãe.

Na varanda, nervosos, estavam os homens. Alvarenga estava junto do sogro, cabeça inclinada, numa tristeza extrema.

– Ela está em perigo! A criança não sai – falava d. Maria Josefa com gestos vazios, a mão solta, sem expressão.

Homens reunidos em momento de tristeza não conseguem interagir, conversar normalmente? O estupor estava na face do noivo, do pai e dos irmãos. A desolação contaminava, inflamava o ambiente, quando entrou Ana com a bandeja com café e biscoitos que havia tomado das mãos de Leocádia, a escrava mais fiel e companhia de Bárbara, que chorava convulsivamente amparada na pilastra da sala de jantar.

– Trouxe café forte e biscoitos amanteigados da Leocádia – disse, estacando diante de Alvarenga.

Ele ergueu a cabeça. Os olhos estavam marejados de lágrimas, fundos, com olheiras, havia emagrecido pela dor dos últimos dias.

– Ela vai se salvar, seu José, minha irmã é forte – confiou.

Ele fez que sim com a cabeça, patético. O pai de Bárbara, acabrunhado, pegou uma xícara e, antes de comer, confirmou o que ninguém queria ouvir:

– Mandei chamar o padre...

– Padre Jacinto? – quis saber Ana.

– Quem seja, filha. Para a morte, basta que um padre dê a extrema-unção – respondeu o dr. Silveira com voz embargada.

Ninguém ousava fitar José de Alvarenga, mas perceberam o forte soluço e o profundo suspiro que se seguiu.

Ana retirou-se em passos rápidos. Sua boca se manteve aberta todo o tempo, até entrar em seu quarto e jogar-se na cama soltando seu choro retido como um grito de ave de rapina. "Não! Não! Bárbara fique conosco!", pensou.

A parteira abriu finalmente a porta. Estava banhada de suor, com mãos molhadas no sangue e os olhos arregalados. D. Emerenciana dirigiu-se então a d. Josefa, que a fitava petrificada, aguardando as fatais palavras, mas reuniu forças e perguntou:

– E Bárbara, Emerenciana? Minha filha e a criança se salvaram?

A velha mulher mostrou o sorriso sem dentes dianteiros, um sorriso bom, mas de gestos cansados.

– Salvei Bárbara, o sangue parou!

Josefa ergueu as mãos para cima, mas subitamente estacou e perguntou com voz alterada:

– E o bebê? Sobreviveu?

– Sim, o bebê é uma linda menina – confirmou a anciã.

Com um grito de desespero, d. Maria ergueu os braços e caiu de joelhos no corredor diante da velha amiga.

– Virgem! Virgem Santa! Minha filha se salvou! – gritava e gesticulava, ofegante.

Alvarenga ouviu os gritos e, arrepiado, ficou onde estava; seu José e os filhos acorreram rápidos ao interior da casa.

Ana sentou-se num pulo da cama, sobressaltada, e também permaneceu imóvel, com os olhos arregalados e sem nada enxergar. Medo e terror a dominavam. Alvarenga inclinou a cabeça, em seu lugar, lá fora, na varanda.

Fez-se em seguida um longo e inquietante silêncio. Todos se calaram, e assim como tudo se aquietou, logo formou-se um alvoroço de vozerio alegre, mas Ana, assim como Alvarenga, permanecia inerte em seu lugar.

Até que a porta do quarto abriu-se e Francisca anunciou:

– É uma menina, Ana, uma menina – e saiu.

"Como? Então a criança se salvou?", pensou Ana e tratou de descer correndo ao quarto de Bárbara.

O sogro retornou à varanda acompanhado de Joaquim.

– José... Filho? – chamou o velho.

– Senhor, que foi? – resmungou.

– Nasceu... nasceu sua filha!

José de Alvarenga voltou-se lenta e sofridamente, absorto, sem entender o que se passava.

– Quê?

– Uma menina, filho, forte menina! – dizia o avô, estremecido pela emoção.

Sem muita força, mas querendo demostrar coragem e fortaleza, Alvarenga perguntou com as faces vermelhas e a boca trêmula:

– E ela? Que lhe aconteceu, senhor?

O velho homem aproximou-se e, num gesto rápido, agarrou o genro a si, dizendo com voz forte e embargada pelo choro convulsivo:

– Minha Bárbara está viva, filho! A Virgem Santa a protegeu! Está salva, deitada lá na cama, ao lado da filha – falou o sogro.

Alvarenga se desvencilhou do homem e acorreu pressuroso ao quarto. Entrou e inclinou-se sobre a noiva banhado em lágrimas que escorriam vertiginosamente.

Bárbara nada viu, estava inconsciente, mas os circunstantes presenciaram a delicadeza do jovem e o ampararam quando, em rápida vertigem, quase caiu.

– Tirem-no daqui! – pediu Emerenciana. – Ele pode morrer se ficar por aqui!

Com esforço, Joaquim e José Maria retiraram-no do quarto. Ao chegarem ao corredor, Alvarenga desfaleceu.

SETE MESES ANTES...

Acolhido em casa de José Silveira e na companhia de moça tão cativante, José de Alvarenga não se conteve. Em poucos meses, pela vasta casa, ouviu-se o comentário de que Bárbara não tinha mais uma barriga perfeita.

– Que aconteceu? – perguntou o pai.

– Ela está grávida! – respondeu a mãe.

O homem abriu a boca e não conseguiu fechá-la. Com as mãos na cintura, d. Josefa acrescentou:

– Agora não tem mais jeito, o caso é logo casar e calar a boca do povo! – disse e retirou-se afoita, sem olhar o marido, que se encostava à parede, atônito.

– Bárbara, grávida...? – murmurava o pai.

Mas logo recuperou-se e soltou um forte grito. Os filhos foram lhe acudir:

– Pai, que é isto? – espantou-se Joaquim.

– Onde está o Alvarenga?

– No trabalho, pai – sossegou-o Francisca.

– Quero ele aqui! – esbravejou.

Todos se calaram, então entraram Bárbara e Ana.

– Papai, o que houve? O que quer com o José? – quis saber.

– Quero saber a verdade, Bárbara. A verdade, entende?

A filha avançou alguns passos. Os escravos avolumavam-se à entrada da sala. D. Josefa estava encostada à quina da saída; os irmãos, nervosos, tentavam segurá-la. O pai parecia transtornado, os olhos vermelhos e a boca trêmula denunciavam o grande problema: surrar a filha seria a condição menor, matá-la era o que se esperava.

– José, não a machuque! – gritou dona Josefa.

O homem inclinou a cabeça. A filha avançou, apesar dos irmãos tentarem impedir a aproximação.

– Deixem-me! Ora se cuidem vocês! Papai...– E José ergueu a cabeça com os olhos marejados. – Pai, eu não desonrei teu nome... José e eu nos queremos bem e somos felizes. Não quero outra coisa que realizar os melhores sonhos, papai – disse Bárbara e avançou, apertando o pai com os seus braços, enchendo-o de beijos no rosto e no pescoço.

– Papai, me dê a sua bênção porque sou tua filha! – pedia.

Todos permaneceram silenciosos e comovidos. Ana chorava e d. Josefa uniu as mãos agradecida.

LISBOA (REAL PAÇO DE NOSSA SENHORA DA AJUDA)

Na ampla e ornamental sala, a rainha estava sentada diante de um homem cabisbaixo e de seu filho José, o herdeiro.

A voz arrastada e desagradável da mulher batia nos vidros das janelas como um arranhado irritante, como o piar de uma ave de rapina.

O homem era o destituído marquês de Pombal.

– O senhor quer me olhar nos olhos, senhor marquês! – ordenou a rainha.

– Senhora?

– Quer me olhar nos olhos porque quero olhá-lo de frente pelo que tenho a dizer!

– Sim, aqui estou, senhora – respondeu humilde o outrora poderoso ministro do rei D. José I.

A rainha ergueu-se e logo foi acompanhada pelo filho, enquanto o velho se inclinava. Ela principiou a falar.

– O senhor não permanecerá na corte! Quero a sua total destituição de cargos e funções. Não quero vê-lo mais por aqui. Basta! Quero que o senhor saiba que meu marido, D. Pedro III, e eu o detestamos por todas as más coisas que realizou em Lisboa; o que fez aos jesuítas e à nobre família dos Távoras. O ódio que conduziu a tudo... Deus agora me outorga certa vingança; então, por decreto, exijo que o senhor sempre e sempre esteja a vinte milhas distante de mim!

O homem tinha a cabeça erguida e os olhos fitos na rainha, e ela o fitava de volta com desprezo e caretas nervosas.

– O senhor pode se retirar para sempre da frente da rainha. Saia! – gritou a soberana de Portugal.

Humilhado, alquebrado pela idade, o marquês arrastou-se à saída do salão de conferências.

Quando a porta se fechou, separando o marquês da rainha, a mulher correu ao filho, fora de si, nervosa.

– Filho, filho, este homem é um monstro! Ainda escuto os gritos de Leonor, as crianças dos Távoras sofrendo, e papai impulsionado por este cão! Os Távoras morreram por culpa dele! Meu Deus, o que fizemos? Credo! Santo Deus! – gritava a rainha.

– Mãe, acalme-se! Acalme-se, ele já foi e para longe! Este homem fez o mal, mas já reparamos – falou José.

A rainha desvencilhou-se dos braços do filho e arrastou-se à mesa, enfraquecida, com gestos inexpressivos e não querendo outra coisa além de se sentar.

Sentou-se e cobriu o rosto com as mãos. Nervosa, chorou amargurada.

– Meu Deus! Virgem Santa! O reino de Portugal foi entregue a um monstro, ao abominável Sebastião José de Carvalho e Melo! Esse homem foi uma maldição! Ele abusou da fé cristã e do direito! Meu pai ouviu o próprio diabo e, por isso, deve estar ardendo nos infernos! – falava e gesticulava a rainha, patética.

D. José abriu a porta e permitiu que duas damas entrassem. A rainha, em desvario, não percebia mais a realidade, apenas falava fora de si:

– O inferno, os demônios! Xô! Saiam daqui! Credo! Marquês de Pombal, eu vomito o teu nome! – gritava a monarca.

Continuou gritando enquanto as damas a acalmavam e a conduziam à cama. Ela se deixava levar, mansa, e o filho a observava tristemente.

Nos jardins, ainda em choque, o marquês de Pombal ouvia os impropérios ao seu nome e aos seus descendentes proferidos pela revoltada rainha.

SÃO GONÇALO DO SAPUCAÍ

O cavalo veio célere e estacou próximo à varanda, obediente ao cavaleiro, que desceu elegantemente trajado.

José de Alvarenga estava em seus melhores dias. A prosperidade começava, agora que ele se interessara deveras por aquisição de imóveis e fazendas na comarca de São Gonçalo do Sapucaí.

A calça branca e justa apertava-lhe as pernas, dando-lhe uma tal leveza no andar que chamava a atenção. Quando apeou, estava acompanhado de Toinho, o fiel escravo, jovem e sorridente, que mantinha com o seu senhor uma conversação de leal amigo.

– Então, Toinho, terras boas ou não? – perguntou.

– Claro, muito boa, aqui dá o que o siô qué! – respondeu o rapaz, apalpando a terra, examinando o bocado que retirara do chão.

– Verdade, não mente? Olha que esta é a terceira fazenda que adquiro porque você concorda.

Toinho sorriu e assentiu.

– Em uma delas o siô vai encontra o ouro. Não é siô, o ouro que qué, não?

Alvarenga aproximou-se do rapaz e abraçou-o dizendo convicto:

– Você é meu amigo, não meu escravo, e logo resolverei isso! – prometeu.

– A carta! Terei finalmente a carta?

– Pois sim, a carta, porque os amigos não prendem uns aos outros senão pelos lações da amizade!

Toinho olhou-o firmemente e permaneceram instantes ainda abraçados.

– Sabe, siô?

– Que é?

– Sabe que bem que eu gostaria que o siô me fizesse também seus versos, em poema, siô?

Alvarenga olhou-o intrigado.

– Que foi?

– Um poema? Você quer?

– Quero sim, quando o siô quisé me dá!

– Sim. Você terá um poema! – e enquanto o rapaz se afastava, alegre, saltitando pelo capim alto, Alvarenga ficou a pensar: "Mas que coisa! Toinho quer um poema, e eu que pensava que ele nem prestava atenção nas palavras das conversas! Que coisa! Claro! Eles sabem e fingem que nada sabem ou percebem... A escravidão esconde a verdadeira dignidade do homem".

Durante toda a tarde, Alvarenga e Toinho permaneceram nas terras recém-adquiridas, porque queriam saber se eram férteis e se cumpriam a promessa de ouro fácil, como estava ocorrendo em São Gonçalo.

O arraial prometia o minério excelente, por isso o magistrado pretendia adquirir muitos escravos, para conseguir uma exploração eficaz, além da manutenção das vastas residências encontradas nas fazendas.

Com as aquisições de fazendas e lavras, Alvarenga pouco a pouco afastaria-se dos trabalhos jurídicos para se dedicar aos seus bens. Nas fazendas, plantaria cana e mandioca; criaria um volumoso gado e estenderia uma boa administração para o comércio do ouro.

À noite, retornaram pelo caminho principal, silenciosos, porque estavam cansados.

– Amanhã pela manhã pode descansar, Toinho. Eu chamo se precisar de você – falou Alvarenga sob o céu estrelado.

QUATRO

COMARCA DO RIO DAS MORTES, VILA DE SÃO JOÃO DEL REY, 1781

A escadaria interna parecia curta, tantas eram as pessoas que a cruzavam. Com inúmeras dependências e cômodos, a imensa casa dos pais de Bárbara Heliodora parecia pequena, pois eram muitos os convidados, e aos gritos de Leocádia, tanto os donos, filhos e escravos quanto os visitantes e convidados obedeciam prontamente.

A mulher se fazia entender pelos gestos largos e pelo timbre agudo e penetrante.

– Saiam! Saiam da frente! Aqui ninguém entra! Não e não, eu não quero!

E ninguém ousava replicar, pois toda a organização da casa, da comida e dos utensílios para o casamento era dela.

A segunda a se fazer obedecer era Ana.

– Ela está pronta? – perguntou d. Josefa.

– Quase; falta o arranjo de cabeça, estamos ajeitando – respondeu calmamente Leocádia.

– O arranjo, ainda...?

– Sim, o arranjo! – retrucou a escrava, já impaciente e batendo a porta.

Duas escravas, mais Leocádia e Ana arrumavam Bárbara às portas fechadas. O ingresso de primas, parentes, mãe e outros foi proibido, então, depois de horas de entra e sai, Leocádia abriu as portas do quarto e anunciou:

– A noiva sai! Bárbara está pronta!

Um frenesi tomou conta das pessoas. À porta da igreja, Alvarenga soube:

– Ela finalmente está vindo!

E ele respirou aliviado.

Um menino correu igreja adentro e avisou ao padre. O coral estava perfilado e o maestro Lobo de Mesquita olhava cansado devido à longa espera.

Principiou a chover. Um chuvisco ralo, chuvisco de chuva persistente, que se estenderia pela semana afora. Que sábado tumultuado, por toda a cidade, por conta do casamento de Bárbara.

O chuvisco não incomodava as pessoas que se avolumavam no átrio diante da capela. Queriam ver a noiva em seu vestido bordado por mãos certas; vestido simples, mas elegante, justo e impregnado de rendas e babados caseiros. Uma delicadeza de Leocádia, surpresa feminina, causa de suave inveja entre as futuras noivas.

Bárbara assomou à porta da casa com passos firmes, deslumbrante com a grinalda longa e o arranjo de folhas de laranjeira e botões de rosa branca e amarela.

O pai deu-lhe o braço e a conduziu feliz pelo curto caminho que dava no modesto oratório dedicado a São Francisco de Assis.

ORATÓRIO PARTICULAR DA FAMÍLIA SILVEIRA

A melodia iniciou suave quando Bárbara estacou à porta principal. Então a soprano fez-se ouvir acompanhada pelo órgão. O canto dedicado à Virgem, uma antífona, era de Lobo de Mesquita, o maestro que desenhava no ar as notas musicais enquanto a noiva entrava em passos miúdos no templo lotado, seguida por quinze crianças, meninos e meninas, que ladeavam seu longo véu branco.

Do corredor principal ela olhava de um lado para outro, sorrindo, satisfeita. E então olhou para o altar-mor e viu a grande imagem de São Francisco. O santo ajoelhado diante do crucificado, que despregou a mão e com ele conversava.

"Finalmente estou aqui e logo serei uma casada!", pensou emocionada.

As irmãs estavam nos bancos dianteiros, alegres como tantos outros parentes, mas não podiam olhar para trás e ver a multidão que afluía ao átrio da igreja, que tornara-se pequena ao receber a todos em seu interior vasto.

Todos queriam ver a bela Bárbara em seu vestido de noiva, ajoelhada diante do bispo, casando-se.

Então Bárbara ergueu a cabeça e viu Alvarenga, seu noivo. Ele se mostrava apreensivo, tinha os olhos arregalados, mas quando ambos se viram, fixaram os olhares e logo perceberam quanto um esperava do outro.

Os passos de Bárbara avançaram certos, firmes, enquanto o noivo enxugava o suor do rosto, murmurando:

– Ela finalmente, perante Deus, a família e a todos, vai testemunhar que me quer, que me ama... Minha Bárbara, como está linda.

O canto da soprano ateou-se magnífico. Bárbara sorriu para Ana e olhou para Alvarenga. Ele estava certo; ambos estavam revelando quanto se gostavam.

"Minha irmã, vai, mostra para todos como se quer bem a alguém! Diz o sim verdadeiro!", pensava Ana.

Bárbara foi segurada pelo noivo e ambos se ajoelharam diante do bispo.

O silêncio era inquietante.

– Você demorou muito – queixou-se Alvarenga.

– Queria mostrar a todos a tua paciência – brincou a noiva.

E inclinaram juntos a cabeça ao sacerdote.

Diante de Alvarenga estava um homem feio. Era o padre Rolim.

– O senhor está de passagem por estas terras, não é mesmo? Por quanto tempo ficará? – perguntou José de Alvarenga.

O homem alto, de rosto comprido e traços irregulares, além da cicatriz profunda na face direita, olhou-o com aqueles olhos esbugalhados, de certa avidez, mas desfez o semblante sério, desanuviou-se, e então sorriu.

Bárbara, que se encontrava na sala, mexeu-se na poltrona involuntária, precisava retirar do marido a impressão ruim do padre. Suspirou e, por fim, voltaram-se para ela.

– O senhor celebra, amanhã, aqui para nós? – convidou.

O padre fez que sim com a cabeça, concordava.

– O senhor não me respondeu: fica por aqui por muito ou pouco tempo? – quis saber Alvarenga.

A fama de mulherengo e padre metido com mortes suspeitas havia precedido a sua chegada. Na vila, nenhuma família direita quis recebê-lo como hóspede e agora Alvarenga comprovava a fama pela própria presença física do homem: barba por fazer, roupas sujas, gestos largos e afetivos por demais, voz chata, arranhada, aspecto de forasteiro suspeito, mais que em sacerdote secular.

– Fico por aqui, senhor Alvarenga, pois tenho negócios a resolver, além do cansaço no corpo da última viagem. Estou incomodando com a minha estada? – perguntou com o semblante firme ao dono da casa.

– O senhor então fique por aqui como se a casa fosse sua. Não, não, claro que não, um padre sob o teto somente nos traz alegria e bem-estar! – falou Alvarenga com os olhos fixos em Bárbara.

"Que este homem pode nos oferecer de perigo? Deixe-o em paz com seus negócios!", pensava Bárbara, olhando firme o marido.

– Posso saber por que negócios o senhor se interessa? – quis informar-se Alvarenga.

– Terras e os impostos pedidos pela Coroa – respondeu.

Bárbara tirou os olhos da filha e voltou-se aos homens, atenta.

– Como assim, impostos?

– Não concordo mais com tamanhas extravagâncias da Coroa, exigindo tanto de nós, retirando-nos muito e nos deixando na penúria, não percebe?! – gritou o padre, afinal.

Alvarenga olhou para a mulher, que correspondeu ao olhar e arqueou duas vezes as sobrancelhas, incentivando que prosseguisse a conversa.

– Mas com quem o senhor está discutindo essas coisas?

O homem esguio, de canelas finas, avançou e se inclinou para perto de Alvarenga, sussurrando.

– Doutor Cláudio Manuel, Silvério dos Reis, o padre Toledo e o jurista que está para chegar.

– Quem?

– Tomás Antônio Gonzaga, que nos dará mais alento ao que pretendemos.

– O que pretendem, então? – Alvarenga alteou a voz, curioso.

Bárbara a tudo escutava quieta, fingindo-se alheia e distante dos interesses masculinos. "Então aquele gordo doutor ao menos presta para abrigar em sua casa confidências políticas, quem diria? Que coisa, não é mesmo? E eu pensava que fosse apenas um solteirão rico e metido com versos", refletia.

Alvarenga subitamente despertou. Percebeu que à sua frente estava um homem de ideias ou ao menos um homem desejoso de algumas soluções que a Colônia não conseguia dar por meio de seus políticos e representantes corruptos.

Inclinou a cabeça para ouvir melhor, e o padre subversivo arrolou várias situações, certificou-se de várias observações e decisões do pequeno grupo formado por grandes fazendeiros, comerciantes, religiosos e militares descontentes com o Estado da província das Minas Gerais.

– Vocês são muitos? Quantos, mais ou menos?

– Não sei ao certo; as reuniões apenas começaram, nada certo.

– E como ficará?

– Não sei, seu Alvarenga, mas não aprovávamos mais as coisas como antes.

A voz arrastada e aguda do homem feio, padre cheio de ideias políticas, prolongou-se um pouco mais e chegou aos ouvidos de Bárbara como uma faca estridente.

Ela olhou-o firmemente e depois baixou os olhos.

– Posso falar alguma coisa mais?

– Sim, senhor padre, claro.

– Sua esposa é uma bela mulher.

Alvarenga desconcertou-se, mexeu as pernas e olhou para Bárbara, que riu e logo se fez séria.

– É com todo o respeito que digo isso, senhor!

– Pois sim, pois sim, mas me diga quando vocês se reunirão mais uma vez? – Alvarenga desconversou.

– Por quê? Posso saber?

– Porque desejo frequentar as reuniões. Poderei?

Os olhos puxados de Rolim piscaram.

– Hã! Creio que sim, creio que sim, por que não?

Bárbara pôs a filha no colo e começou a mexer em seus cachos. Ouvia prontamente. "Como gostaria de também estar lá!", pensou animada.

Leocádia entrou e sem cerimônia dirigiu-se à Bárbara e pegou a menina dos braços da mãe, mas Ifigênia pôs-se a gritar e espernear, violentamente.

– Sossegue, menina, é só o banho! Banho! – E assim a mulher saiu com a garota aos berros da sala.

– O que foi isso? – perguntou, espantado, Rolim.

– É a Leocádia, padre. Ela é assim, estourada e cheia de si! – explicou Alvarenga.

– Hum... hum, meu amigo, os escravos aqui têm vontade e força, não é mesmo? – observou.

– Eles fazem o que querem por aqui, senhor, porque assim deixamos e queremos! – salientou Bárbara.

Mais uma vez o homem voltou-se para a dona da casa e ficou entretido ao observar seus traços perfeitos.

Alvarenga desfez o encanto, convidando:

– Vamos ao terreiro; caminhar é bom, não é mesmo?

– Sim, vamos, meu amigo!

– Bárbara, cuide do resto da casa!

– Sim, senhor, farei isso – respondeu prontamente, percebendo que o ciúme mordia o marido. "Pena, que pena que não ouvirei mais o que discutirão. Oh! Que coisa, a raposa do Rolim não quer só corromper, comprar escravos, ter mulheres e esbanjar dinheiro, está interessado em boa política. Ah! Alvarenga me contará tudo, ele não me deixará sem saber", pensou enquanto observava os homens afastando-se pela trilha dos limoeiros.

Quando Bárbara entrou no pátio interno da casa de Cláudio Manuel, seus olhos estavam atentos às conversas de Rolim, Cláudio e Alvarenga. Seus gestos e movimentos a interessavam demais. Eles estavam cada vez mais cúmplices e dedicados em reuniões políticas a portas fechadas.

O evento, que costumava transcorrer nesse clima de verdadeiro contentamento, na alegria da música e das recitações de poemas, agora passava entre segredos, sussurros e olhares curiosos, ávidos de desconfiança. Assim, os homens sumiram por entre as largas portas daquelas grandiosas paredes da mansão do doutor Cláudio.

Desapareciam o pai, os irmãos, o marido, o padre Rolim, entre outros. Que faziam? Que discutiam? As mulheres mal reparavam, somente Bárbara e sua irmã Ana.

– Não podemos ficar aqui, sem nada saber! – reclamava Bárbara.

– Como? Que fazer? Não podemos andar pela casa à procura deles, assim?

– Como não? Por que não?

– Porque a casa não é nossa, Bárbara!

Bárbara ergueu-se, voluntariosa, cheia de si:

– Eu que não ficarei aqui, patética!

– Aonde vai? Que pretende, minha irmã? Estou nervosa por isso!

– Não fique, Ana, vou procurá-los e saber! Cuide da Ifigênia e não deixe mamãe ir atrás de mim, entendeu?

– Sim, sim. Ah, meu Deus e pai! Que coisa!

– Que nervosismo, Ana. Até parece que serei assassinada por andar nesta casa!

– Não sei, Bárbara, não sei. O senhor Cláudio não é muito simpático contigo!

– Ah! Deixe disso. Eu terei que ir. Cuide da Ifigênia. Ela está no jardim com a Leocádia!

E discretamente, em passos curtos, Bárbara esgueirou-se por um longo corredor e subiu a escadaria à frente, procurando no silêncio as vozes abafadas dos homens. Seguia às escuras, tropeçando até encontrar mais nitidamente o local da reunião, e ali encostou o ouvido num vão à parede, atenta. Ouviu:

– ... É, estamos aqui por conta dos altos impostos; estamos falidos! – falou um.

– Por isso devemos recrutar, convidar mais e mais fazendeiros, comerciantes e militares falidos, não é mesmo? – respondeu outro.

– Mas tenho para mim que devemos ter prudência – observou Alvarenga, o marido.

– Por quê? Qual prudência? – questionou doutor Cláudio.

– A prudência necessária, porque estamos fazendo reuniões contrárias às ordens do governo metropolitano.

Silenciaram-se por instantes e uma voz rouca, desagradável, proferiu:

– Sim, doutor Alvarenga tem razão, não podemos espalhar por aí sem conhecer a todos que podem realmente participar destes nossos encontros!

As vozes se alteraram. Houve um vozerio de concordância.

– Concordo com o coronel Joaquim Silvério. A traição pode desbaratar todo o nosso propósito.

– E um Judas também esteve entre os amigos do Cristo – salientou Alvarenga, preocupado.

Encostada à porta, Bárbara ouvia em silêncio. Seu coração batia descompassado e, de súbito, foi surpreendida pela abertura abrupta da porta.

O facho de luz forte, seguro pelo escravo tocheiro, inundou-lhe o rosto em cheio, mas coisa rápida, somente quem abrira a pesada porta viu-a, mas não se surpreendeu. Fechando imediatamente a porta, fitou longamente Bárbara, sério, sem gesto ou careta algum de aprovação ou reprovação; tinha um olhar frio, sem traços emotivos ou de surpresa.

Ela deixou-se fitar, fixando o olhar no dele. Também séria e sem pestanejar. Olhares que se cruzaram na penumbra em segundos, pois logo a escuridão inundou o corredor. Bárbara suspirou aliviada, afinal. Ele prosseguiu o caminho, com passos firmes e a longa barriga, grande, avantajada e.coberta pela fina camisa de linho.

Era o coronel Joaquim Silvério dos Reis.

– Por que ele se retirou agora e com tamanha pressa? – alguém perguntou.

– Não sabemos, mas coisa boa não deve ser. O coronel me disse que está aflito porque já perdeu vários negócios e as suas fazendas se tornaram improdutivas. Vai declarar esta semana falência – comentou Cláudio Manoel.

– Ah, sim!

– Bem, vamos retornar ao salão. Já estamos ausentes por muito tempo – observou Alvarenga.

– Vocês retornem aos seus filhos e às suas mulheres, senhores. Eu quero conversar em particular com o doutor Cláudio – falou Rolim.

Surpreso, Cláudio respondeu:

– É dinheiro, padre?

– Sim, pouca coisa, Cláudio. Pode me ajudar?

– Claro, claro, meu amigo!

E quando a porta foi aberta, Bárbara descia a escada, mas sem esquecer o coronel.

"Que homem grosseiro e frio! Como pude deixar que me visse! Ai, ele me incomodou. Não gostei dele." Com a mão direita, segurava o vestido para não tropeçar e, com a outra, o corrimão, num gesto seguro de condução ao salão dos convidados.

Quando finalmente entrou no salão estava nervosa, esbaforida. Sentou-se ao lado de Ana.

– Filha, onde estava? Sua filha estava chorando – avisou a mãe.

– Fui à senzala para saber se tinha milho.

– Foi à senzala? Precisava ir lá? – espantou-se d. Josefa.

– Sim, mãe, me deu muita vontade.

D. Josefa não falou mais, ficou a olhar a filha.

Os homens retornaram. Alvarenga postou-se de pé ao lado da esposa.

– Demorei, querida?

– Não, não muito.

Então o dr. Cláudio dirigiu-se ao centro do salão e disse:

– Agora vou declamar um poema cheio de encanto pelo campo e contrário à cidade. Ouçam:

Torno a ver-vos, ó montes; o destino
Aqui me torna a pôr nestes oiteiros;
Onde um tempo os gabões deixei grosseiros
Pelo traje da Corte rico, e fino.

Aqui estou entre Almendro, entre Corino,
Os meus fiéis, meus doces companheiros,
Vendo correr os míseros vaqueiros
Atrás de seu cansado desatino.

Se o bem desta choupana pode tanto,
Que chega a ter mais preço, em mais valia,
Que da cidade o lisonjeiro encanto;

Aqui descanse a louca fantasia;
E o que até agora se tornava em pranto,
Se converta em afeto de alegria.

CINCO

CACHOEIRA DO CAMPO, 1783

As boas famílias das vilas de São João del Rey, São José del Rey, Campanha, São Gonçalo do Sapucaí, entre outras, estavam reunidas no Palácio da Cachoeira.

A ocasião era favorável à recepção do novo governador da capitania de Minas Gerais, D. Luís da Cunha Meneses.

As ruas de Cachoeira do Campo estavam iluminadas; as casas, com varandas e galerias superiores dos solares ornamentadas. A cidade se enchia de um clima festivo e alvissareiro para um homem violento e de modos grosseiros.

A metrópole depositou muita autoridade naquele homem de barriga e mãos grandes. Ele governaria com mão forte e uma violência excessiva, como logo seria mostrado.

Naquela noite no Palácio das Cachoeiras, no entanto, ouviram-se vozes animadas dos convidados e viram-se certos olhares suspeitos de homens descontentes com os projetos da Coroa quanto aos impostos.

– Bem-vindo, senhor governador! – cumprimentou-o Bárbara, acompanhada de Alvarenga.

“Que bela mulher”, pensou admirado o homem, não escondendo nos olhos a alegria em retribuir.

– Bem-vindos vocês! Fiquem à vontade! – respondeu.

A comida era farta, e os convidados vinham de várias outras vilas e capitanias. Como fora governador da capitania de Goiás, ali também estavam presentes homens e mulheres bajuladores e pessoas subservientes, que compareceram para pedir ou receber alguma migalha de humilhação, vergonha ou estavam em situações omissas e suspeitas.

Em torno do robusto governador formou-se um círculo. Ele foi cercado pelo casal Alvarenga e pelos pais de Bárbara, mas era do outro lado do salão que estava quem o observava com verdadeiro interesse.

O moço de rosto fino, olhos alongados e boca de lábios carnudos avançou com passos elegantes enquanto era observado pelas moças. Todos os olhos fixaram-se no belo homem que ia ao encontro do governador.

Tomás Antônio Gonzaga deslizou pelo assoalho e percebeu que as sobrancelhas de D. Luís se arquearam. Mesmo assim, Gonzaga continuou incontinente, seguro de si.

Bárbara observou a tudo fixamente. Com um sorriso discreto nos lábios carnudos, Gonzaga cumprimentou os homens, inclinou-se respeitoso a d. Josefa e Bárbara, mas, quando estacou diante do homem público, seus olhos marejaram. Não mais sorria, sua boca estava cerrada.

– Senhor governador D. Luís...

– Sim, senhor Tomás Gonzaga?

– Então temos aqui quem melhor poderá reter o ouro, o diamante, a prata, enfim, tudo que temos de bom para a Coroa. A rainha deve estar deveras contente com a sua aceitação do cargo!

– Sim, senhor. Me parece que a rainha, a corte, todos estão satisfeitos!

– O senhor, como está?

O homem não respondeu. Abriu a boca, mas fechou-a imediatamente, indignado.

Bárbara ouvia, observava. Estava para rir, mas Alvarenga retinha seu braço contra o dele, apertando-o. Ainda assim, ela se divertia, e muito.

– O senhor saiu às pressas de Goiás. Aqui a comissão, o pagamento, deve ser melhor, mas é claro, com tanto ouro, diamante, pedras...

– Cale-se, senhor, senão o expulso deste palácio! – cortou-lhe a fala o governador.

Tomás empertigou-se. Ficou rente, olhos nos olhos com D. Luís Meneses, e disse:

– Pois me ponha para fora, aqui espero!

Alvarenga avançou, conciliador. O sogro também se dispôs. Alguns perceberam e já se aproximavam para ver e ouvir melhor.

– Senhores, é uma festa, vamos celebrar a ocasião – amenizou dr. Silveira.

– Que festejo, que nada. Este homem não presta! Um corrupto! – gritou Gonzaga.

Indignado, o governador ergueu os braços e gritou:

– Guardas?! Guardas, me acudam!

Os soldados prontamente obedeceram, mas Alvarenga se interpôs entre Gonzaga e as sentinelas.

– Não, o senhor Tomás Gonzaga é juiz, portanto não pode ser preso por qualquer motivo! – gritou Alvarenga.

– Eu sou o governador, e ele me afrontou em meu palácio, na minha casa! – afirmou D. Luís.

– E ele é a lei, senhor! Vamos terminar isso bem! – exigiu Alvarenga.

– Sim, temos que acabar isso bem, senhores! – falou Bárbara.

O marido, o pai, o governador e Tomás Antônio Gonzaga voltaram-se para a mulher.

– Vamos, senhores, acabem com isto: a rainha está muito longe, o ouro, sabemos o que acontece, mas a música desta noite está divina! – falou e retirou-se, observada em silêncio pelos circunstantes. D. Josefa suspirou profundamente, acrescentando:

– Um governador e um juiz em briga diante dos convidados, veja só!

E acompanhou a filha.

– Guardas, retornem aos seus postos. Está tudo bem! – avisou D. Luís, desconfortável.

Gonzaga abraçou Alvarenga.

– Obrigado, meu amigo! Como se chama?

– Inácio José de Alvarenga. Também sou juiz, na Comarca do Rio das Mortes.

– Ah! Então somos da lei, não é verdade? – zombou Gonzaga.

Alvarenga não riu e deixou-o sozinho, indo ao encontro da mulher. Gonzaga o acompanhou.

E todos viram quando o longo cabelo do novo juiz cobriu-lhe as faces. Cabelos sedosos, castanhos e encaracolados. Era um homem de certo capricho, que cuidava da aparência com extremo zelo. As moças observavam-no andando pelo salão com a altivez de um príncipe. No Palácio das Cachoeiras, o brilho mais intenso da noite de recepção do novo governador foi a presença do ouvidor dos defuntos e ausentes da Comarca de Vila Rica.

Quando se juntou ao grupo da família Silveira, Bárbara retirou-lhe o constrangimento, dirigindo-se a ele sem medo:

– O senhor sabe afrontar e nada teme, hein?

– Minha senhora, ele precisava saber que há alguém que não o teme nesta cidade!

– Hum, hum, que é isto? – expressou-se ela, olhando em seguida para o marido.

– Não acho que mulher deve se intrometer nesses assuntos de política e uso público – disse seu José.

Bárbara voltou-se ao pai, aborrecida.

– Mas minha mulher pode, senhor – informou Alvarenga.

– Creio que é um despropósito e um absurdo, filho – ajuntou seu José.

– Não acho, não, muito pelo contrário. Bárbara até me ajuda em assuntos de economia e administração.

Bárbara apenas observava, até que comentou:

– Que pena que muitos homens pensem como o senhor, papai, mas sei de mim e me senti com vontade de falar aquilo diante do governador.

– Fez muito bem, senhora, muito bem – aprovou Gonzaga.

D. Josefa observava perplexa a filha e o desconhecido, mas nada falou.

– Como sei que penso, então falo, senhores!

E, súbito, um acorde prolongado anunciou a grande dança que teria início.

– Vamos dançar, querido? – convidou Bárbara.

Alvarenga não se sentiu convidado, mas obrigado.

– Sim, querida, vamos – respondeu.

E o casal avançou pelo salão, misturando-se aos outros convidados.

Gonzaga mordia-se de inveja, pois estava sozinho numa festa que superabundava de casais.

“Minha Doroteia bem que podia estar aqui comigo, em meus braços, nessa dança animada. E eu aqui sozinho, amargando a saudade e tendo que olhar esse fanfarrão governador D. Meneses!”, pensou o belo juiz.

Tomás Antônio Gonzaga chegou à comarca de Vila Rica em 1782 para ocupar o cargo de ouvidor dos defuntos e ausentes.

Instalou-se em casa confortável e espaçosa próxima à igreja de São Francisco.

Quando chegou às Minas Gerais era homem feito de trinta e sete anos, solteiro e desejado pelas moças casadoiras. Mas seus olhos voltaram-se e também o coração desejou-se em afetos e carinhos por uma mocinha de dezesseis anos chamada Maria Doroteia Joaquina de Seixas e Brandão, que lhe correspondeu as investidas, apesar da oposição do pai da jovem.

Ficava à janela, esperando Doroteia assomar à janela da casa dela, então acenava-lhe e era imediatamente correspondido.

Os primeiros encontros foram marcados com a ajuda das escravas, que faziam seus bilhetes chegarem às mãos da garota.

A casa de Doroteia ficava na colina, acima da rua do Ouvidor. Quando ela descia acompanhada da velha escrava da família, ele também saía à rua e podiam conversar e tocarem as mãos na ponte próxima do largo do Pelourinho.

– Como estás, minha menina?

– Bem, muito bem agora!

– Foi difícil sair hoje, não?

– Muito e muito. Papai agora me vigia e me faz vigiar; não sei em quem confiar.

– Em mim, Doroteia! – brincou risonho Tomás.

Ela então ergueu a cabeça de cabelos pretos, cacheados. Ele ousou tocar-lhe nas faces. Reteve a mão, aquela carne macia. Doroteia sorriu, animada.

– Gosto de estar aqui, com o senhor – disse feliz.

– Tu estás feliz?

– Muito! Gosto de estar aqui!

– É mesmo? Que bom!

E se olharam, as mãos se uniram. Os escravos sorriram cúmplices. O sino soou às três horas na igrejinha próxima. Doroteia persignou-se, devota.

– Tu rezas sempre?

– Sim, rezo e gosto de cantar!

Num assomo súbito de alegria incontida, Tomás quis abraçá-la, mas se conteve e se afastou.

– Que foi? Alguma coisa? – perguntou a moça.

– Sim, gosto de ti!

Ela olhou-o ternamente. Ele reparou as faces rosadas, a boca pequena e as sobrancelhas grossas da menina.

– Tu és muito jovem para casares comigo.

– Não, não sou, e vou casar com o senhor porque quero!

– Teu pai não aprova nosso relacionamento.

– Mamãe agora está a meu favor; em breve, papai. O senhor verá – disse confiante.

– Por que tamanha convicção, minha pequena? – quis saber.

– Porque pedi ajuda ao padre Hildebrando, e ele prometeu me ajudar!

– Tu o quê?!

– Isto, senhor. Confessei-me ao padre Hildebrando e agora tenho alguém para contar.

Tomás olhava-a admirado.

A velha escrava deu alguns passos e avançou reclamando, ou melhor, emitindo muxoxos:

– Vamos, menina, vamo qué hora!

Tomás apertou as mãos de Doroteia, alisou-lhe a face esquerda, comovido. Como homem, era muito difícil conter sua virilidade, sua vontade de tomar-lhe nos braços ali, diante de todos, e demonstrar, pelo abraço e muitos beijos, a sua paixão. Contudo, apenas deixou tombar o braço e, em seguida, a cabeça, acabrunhado.

– Vá, Doroteia. Vá que por mim tu não ias – sussurrou.

Ela desligou-se dele, resoluta, sem se voltar para trás, mas seu coração tremia, batia descompassado. Os olhos estavam cheios de lágrimas, e logo veio-lhe forte o tremor que não percebeu. Ambos se amavam. "Seu Tomás, minha vida é tua! É de ti que gosto, e gosto muito", pensava enquanto seguia atrás da velha escrava.

– Vamo, menina! Vamo!

– Estou indo! Estou atrás – respondia com voz mansa a apaixonada adolescente.

Tomás, no entanto, permaneceu parado, observando-a, enquanto sacudia o corpo em choro convulsivo como cana verde sacudida por forte ventania. Diante de seus escravos, choroso, sem vergonha, porque homem apaixonado não se pode proibir de chorar, de verter as lágrimas de amor correspondido e verdadeiro.

O vento que corria lá fora, impetuoso e, como Bárbara costumava dizer, raivoso, prenunciava a chuva torrencial que viria.

A celebração da missa pascal estava concorrida. Bárbara pôde observar com cuidado a presença de várias pessoas que não eram frequentadoras habituais, como Tomás Gonzaga, Cláudio Manuel, o coronel Silvério e outros.

Ela ficaria mais e mais atenta no pátio, ao final da missa, que fora celebrada pelo feio Rolim e o robusto Toledo.

"Que eles planejam? Claro que se reunirão em breve. Mas onde?", pensava.

De fato, depois do culto, os homens disfarçadamente marcaram o encontro para a noite.

– Em casa do Tomás!

– Sim, lá, pois é casa confortável!

– A que horas? – quis saber Alvarenga.

– Às sete horas, à noite, depois da ceia. – informou melhor Cláudio.

Bárbara e Alvarenga estavam hospedados na casa do velho amigo.

– Posso ir a este encontro, Alvarenga?

– Ainda não, Bárbara.

– Quando poderei frequentar?

– Quando puder, avisarei.

Ela fechou a cara e avançou adiante, raivosa.

À noite, a portas fechadas, na casa de Tomás Antônio Gonzaga, os homens se reuniram.

O primeiro ribombar do trovão assustou o já inquieto coronel Silvério dos Reis. Ele teve um sobressalto, que provocou o riso incontido de Tomás Antônio.

– Está com medo, coronel? – perguntou ele, divertido.

– Sim, os trovões me apavoram desde criança – confessou o homem com os seus olhos puxados e desconfiados.

– Comigo é o inverso, gosto de bastante barulho – alegou Tomás. – E é coisa muita; muitos trovões e os relâmpagos também, bem festivos, e o estouro e o brilho no céu! Para mim, chuva deve ser assim! – falou e olhou ao redor.

Todos o olhavam, admirados.

– Credo! Credo em cruz! Isto é uma tempestade, e o senhor se deleita? – espantava-se o outro.

Tomás sorria, e os seus dentes perfeitamente perfilados brilhavam à luz do candeeiro próximo.

– Haja casas que aguentem este aguaceiro! – exclamou Joaquim, tenso.

– Ora, meus senhores, a tempestade também é obra do criador – afirmou Gonzaga, risonho.

Silvério dos Reis contraiu-se em reação a mais um estouro, e o dr. Silveira encolheu-se junto ao filho quando intensa luz clareou a sala.

Cláudio Manuel olhava atento e apenas persignou-se.

José de Alvarenga pôs-se de pé, andou alguns passos com os braços unidos para trás. Andava pensativo.

– É da França que devemos ter inspiração; é de lá que devemos alimentar a esperança – disse com voz arrastada, reflexivo.

– É mesmo doutor, é de lá. Lá temos pensadores, filósofos que questionam esse poder absoluto dos reis, dos príncipes e monarcas – ajuntou Cláudio Manuel.

O feio Rolim ergueu a cabeça triangular e, com a sua voz de timbre rouco, acrescentou:

– Sim, o nome de Voltaire, Jean-Jacques Rousseau e d'Alembert devem ser nossas inspirações!

– Entre outros que querem fora Maria Antonieta e o fraco rei Luiz XVI – falou Alvarenga.

– Sim, sim, meu caro. Por mim, D. Maria não governava nem a sua dispensa! – disse irritado Rolim.

– Por que nem a dispensa, padre? – quis saber o coronel Silvério.

– Por quê?! – espantou-se. – Por quê? Porque é incapaz, mulher que se deixa guiar pelos seus corruptos ministros!

– Mas soube dispensar o marquês de Pombal – observou Silvério.

Rolim ergueu-se e dirigiu-se ao coronel. Inclinou-se junto ao homem.

– O senhor a está defendendo? Aqui estamos justamente por conta daquela demente velha! Ela está nos arruinando, e o senhor a defende?! – gritou Rolim.

Padre Toledo levantou-se para acalmar os nervos. Silvério dos Reis estava trêmulo, acuado.

– Sossegue, irmão, acalme-se Rolim! Estamos apenas começando nossas conversas – apaziguou Toledo.

Com esforço Rolim retornou ao seu lugar e de lá continuou fitando indignado o seu oponente.

– Que disse? Estava apenas comentando, senhores. Eu não estou aqui como defensor da rainha, os impostos também me arruinaram. Estou em falência...

– Cale-se, coronel! – gritou o padre Rolim.

– Senhores! Senhores! – gritou Alvarenga. – Como poderemos nos entender se não podemos expor nossas opiniões? Padre Rolim, creio que já chega! Todos aqui terão o direito de expressar livremente suas opiniões e desejos, certo?

Rolim abaixou a cabeça envergonhado quando Alvarenga o fitou.

– Sim, senhor. Claro, peço desculpas aos senhores... ao coronel, também.

Padre Toledo voltou-se ao padre Rolim, admirado pela humilde atitude.

"Rolim pedindo desculpas?! Que houve? Este Alvarenga conseguiu chamar a atenção desse encrenqueiro e sujo? Coisa de se admirar, padre Rolim pedindo perdão!", pensava o padre Toledo.

A reunião prosseguiu entre a voracidade dos ventos, da impetuosa tempestade e dos clarões intermitentes dos relâmpagos.

Era um constante bater de portas, que se confundiam com o ribombar violento dos trovões.

Foi a primeira reunião dentre várias. Reunião de militares, comerciantes, fazendeiros e outros grandes proprietários de terras, na companhia também de sacerdotes. Eram homens de Vila Rica, São Gonçalo do Sapucaí, Rio das Mortes, Cachoeira do Campo; homens cansados das ordens da Coroa e dos desmandos do governador recém-chegado – e que, não obstante, acolheram D. Luís da Cunha Meneses.

SEIS

SÃO GONÇALO DO SAPUCAÍ, 1785

Era sábado, mês de julho. O frio intenso fustigava com o vento incessante toda a vila, mas Bárbara, Ana, Maria Ifigênia e as escravas Bené e Leocádia estavam nos jardins.

Bárbara cuidava das plantas, Bené tomava conta e brincava com a menina enquanto Ana e Leocádia serviam de adubadoras, ou seja, cavavam profundos buracos e despejavam os restos de verduras, legumes e cascas de frutas.

Eram duas aleias de jardins e ali se encontravam mussaendas brancas e rosas, as ixoras africanas vermelhas e as rosas, o jasmim-do-cabo, o perfumado manacá-de-cheiro, o véu-de-noiva, as roseiras branca e vermelha, as hileias roxa e verde, entre tantas outras plantas e flores.

– Agora água e água, porque meus clorofitos e as lantanas estão precisando. Reparem? Vejam só... – Bárbara falava e apontava.

– Tocar em água, sinhá?! – gritou Leocádia.

Rápida, Bárbara voltou-se, repreendendo:

– Sinhá?! Não me chame assim, já disse! Me chame de Bárbara, pelo meu nome!

A escrava fez que sim com a cabeça, prontamente.

– Isso, Leocádia, água, elas precisam! – incentivou Bárbara.

– Minha irmã, está muito frio, vamos entrar? – pediu Ana.

– Vamos, sim, claro. Ifigênia! Bené! Venham! Vamos entrar! – gritou Bárbara.

A pequena Ifigênia veio correndo, com os braços para cima numa corrida amparada pelos braços de Bené. Quando se aproximou da mãe, lançou-se em seus braços. Todas sorriam, animadas.

– Minha filha, como gosto de você! – Bárbara abraçava a menina, fazendo-a dar voltas no ar com a verdadeira alegria de mãe.

– Vamos, vamos entrar. Que frio, meu Deus – reclamava Ana.

Encontraram na sala, sentado, José de Alvarenga, cabisbaixo, com mão no queixo e o cotovelo apoiado na mesa, mas o olhar perdido, longe de si, absorto.

– Alvarenga...? Meu bem? – chamou Bárbara.

– Hã!? Que foi?

– Está preocupado? Aconteceu alguma coisa? – Quis saber a mulher.

À mesa estavam cadernos e escrituras. Bárbara observou que ele somava, fazia contas. Ele omitia as verdadeiras razões de seu constante nervosismo e ansiedade. Permanecia mais tempo trancado na sala que servia de escritório.

– Que houve, querido? Que está acontecendo? – perguntou, compreensiva.

– Nada, não, nada, Bárbara! – o marido desconversou antes de se erguer pesadamente.

– Como não acontece nada?! Nos últimos dias você mal fala comigo; não brinca com as crianças e não come direito! Nós estamos em Sapucaí também para nos distrair, conversar, não é? – quis saber, emocionada.

O marido estava andando de um lado para o outro a passos largos e duros.

– Pare! Pare, Alvarenga! O que é? – gritou nervosa, Bárbara.

Alvarenga estacou e encaminhou-se à mulher.

– Meu bem... Minha querida...

– Quê?!

– Acho que estamos falidos.

Bárbara olhou-o com ternura e aproximou-se carinhosamente. Ana e Bené presenciaram um gesto de afeto extremo, pois Bárbara abraçou o marido, dizendo:

– E isto importa mesmo, querido? Não fique assim.

– Como?! Você não entende? – falou emocionado, Alvarenga.

– Claro que entendo, mas não penso que o mundo acabou porque estamos agora endividados ou em falência... Não poderemos reverter a situação? – Bárbara falou despreocupada.

Alvarenga aquietou-se, compreensivo. A mulher estreitou mais o abraço e beijou-lhe a testa.

– Estou aqui contigo, sou tua mulher. Vamos conseguir superar a dificuldade, não vamos?

– Sim, querida, obrigado, vamos, sim – concordou Alvarenga, reanimado.

Então perceberam que estavam sendo observados por Ana e Bené e se voltaram confiantes, donos da situação. Alvarenga retornou à mesa, e Bárbara buscou a filha enquanto falava entusiasmada:

– Ifigênia quer cavalgar hoje contigo, querido. Isso pode ser?

– Sim, claro que sim, no final da tarde!

– Então os cavalos devem ser aparelhados, não?

– Sim, Bárbara. Chame Toinho, e ele fará o aparelhamento dos animais! – lembrou Alvarenga.

– Eu chamo, senhor! Eu chamo! – prontificou-se Bené e saiu em disparada da sala.

Ana e Bárbara se entreolharam, irônicas, e riram em seguida numa reciprocidade cúmplice.

– O que houve com a Bené, hein? Animada para chamar Toinho, não? – brincou Bárbara.

Ifigênia, agora aos seis anos de idade, era uma menina formosa, de boa saúde e inteligência equilibrada. A menina se aproximou sorrateiramente do pai, aconchegou-se primeiro às pernas, forçou uma subida ao colo e ficou a passar-lhe a mão no rosto e no pescoço, acariciando-lhe com os dedos ternamente, num movimento contínuo que ia do pescoço à face.

– Minha filha, meu benzinho! – sussurrou-lhe ao ouvido Alvarenga enquanto a apertava fortemente.

A menina sorriu, satisfeita.

Do outro lado da sala, as duas mulheres observavam.

– Vamos deixar que fiquem, vamos sair – pediu Ana.

– Sim, vamos, que fiquem sozinhos! – aquiesceu a outra, enternecida.

LISBOA, REAL PAÇO DE NOSSA SENHORA DA AJUDA, JANEIRO DE 1785

A rainha passeava nos jardins. A aleia dos carvalhos a encantava. Gostava de ficar por ali, meditando, às vezes, acompanhada do filho predileto, José, o herdeiro. A sombra das árvores era agradabilíssima; a brisa acalentava os passeios e a mulher conseguia instantes de paz longe dos cortesãos, distante da algazarra das damas de companhia.

– Não sei para que préstimo serve isto – murmurou aborrecida.

José e a dama de companhia, Inês, olharam-se desconfiados.

– Isto o quê, mãe? – indagou o filho.

– Isto, José! – a rainha disse apontando para si.

José aproximou-se receoso. "Mamãe está doente?", considerou.

– Mãe, não entendo. O quê? – falou compreensivo.

A mulher levantou-se, postou-se em frente ao filho e olhou-o fixamente.

– Eu, José. Para que sirvo como rainha? – falou alto. O rapaz puxou-a para si, preocupado.

– Mamãe! Mãezinha, não fale desse jeito! – repreendeu brandamente.

A rainha, patética, ficou a fitá-lo.

– Por que não posso falar se não me respeitam como rainha?

– Quem não a respeita, mãe?

– Todos! Todos! – gritou e continuou. – Ninguém me vê como uma rainha!

– Não, mãe, eu vejo – o filho a acalmou.

A mulher enterneceu-se. Comovida, abraçou-o e beijou-lhe a testa.

– Não fale assim, mãe. Não fale assim – pediu José.

Inês observava e sabia que José desconfiava dela. Ele não gostava das crises de insegurança que a mãe tinha vez por outra fora do meio familiar.

– Senhor, posso me retirar por alguns instantes?

– Sim, Inês, vá. Pode, sim. – respondeu o príncipe.

Inês retirou-se rapidamente, pois também não estava confortável no meio da realeza.

– Mãe, por que falou tudo isso na frente de Inês?

– Porque não desconfio dela, é confiável!

– Tem certeza?

– Claro, José. Já deu provas, e muitas!

– É bom saber!

A mãe voltou-se carinhosa e acariciou o rosto do filho.

– Não sei o que seria de mim se você me faltasse, meu bem – falou com voz meiga.

– Mãe, que é isso? Nada acontecerá!

– Não sei o que faria sem você, meu bem... – falou extremamente sentida a rainha de Portugal.

No mesmo dia, ao final da tarde, na sala de conferências do palácio, a rainha reuniu-se com seus ministros. A situação da Colônia brasileira requeria atenção, porque a insatisfação com a Coroa era cada vez mais premente numa atitude de revolta ou ataques.

– Não é somente a nossa Colônia brasileira que está revoltada com os impostos; as Colônias inglesas na América também, sem contar as da Ásia e as da África! – exclamou o príncipe D. João.

– Eu sempre peço que abrandemos as imposições, tantos impostos... – ponderou o príncipe herdeiro, José.

D. Maria observava silenciosamente sentada à ponta da comprida e larga mesa servida de muita comida.

Era hábito na corte alimentarem-se durante as reuniões deliberativas e, por isso, comiam excessivamente em um momento de verdadeiro despropósito.

Estavam presentes os príncipes D. José e D. João, a rainha e os ministros. Os príncipes eram jovens, mas já se imiscuíam nos assentos políticos e diplomáticos do reino de Portugal. Eram ouvidos com certa atenção e apoiados, mas todos sabiam que havia certa animosidade entre os dois irmãos. João nutria ciúmes e despeitos contra José. Este, por sua vez, relacionava-se adequadamente com o irmão e era amado por demais pela mãe.

A reunião se passava entre a penumbra das grandes janelas, cobertas por grossas cortinas, e a fumaça espessa formada pelos cachimbos e outros tipos de fumos experimentados pelos homens.

– Estou aqui pra quê, então?! – perguntou a rainha, impaciente, tamborilando os dedos na mesa. Sua boca estava suja com restos da verdura da sopa insossa.

José olhou-a desconfiado. Temia que se descontrolasse, e por isso encurtou o diálogo, começando a dizer:

– Bom, senhora rainha, tenho por mim que não devemos promulgar nada mais para a Colônia.

– Como não? Precisamos pagar contas! Como nada fazer se temos uma rica Colônia? – interrompeu João, nervoso e olhando impaciente para a mãe.

– Que é preciso fazer? – perguntou D. Maria I.

– Deveremos impedir com um alvará que, assim como nos Estados Unidos, as indústrias sejam criadas!

– Mas as Colônias inglesas se industrializaram? – impacientou-se José.

– Isto não é o interesse da Coroa, José – asseverou o irmão, convicto.

A rainha olhava de um para outro filho.

– Sim, sim, isso sim. Eu assino o alvará!

– Mãe?! – exclamou José, aflito.

– Será preciso, meu querido – falou com voz baixa D. Maria I, de Portugal.

José, resoluto, bateu com os punhos na mesa e retirou-se da sala.

A rainha assustou-se e também se ergueu, aborrecida.

– José! José! Volte aqui! – gritou. – Volte, meu filho! – pedia com voz carinhosa.

D. João, entretanto, seguiu o irmão com olhar desdenhoso.

SÃO GONÇALO DO SAPUCAÍ, JULHO DE 1785

Era uma manhã extremamente friorenta. Um nevoeiro cobria como um manto pesado as colinas e as casas da vila. Os pássaros estavam encolhidos, bois e vacas nos pastos se mostravam como que petrificados, de tão imóveis que estavam pela rajada frequente e impiedosa de vento frio.

À soleira da porta de sua casa de campo, José de Alvarenga sustentava um fumegante canecão de café.

Diante de si, agitados e falantes, estavam os padres Rolim e Toledo, Tomás Antônio Gonzaga, Joaquim Silvério, o sargento-mor Luiz Vaz, o capitão José de Resende e seu filho, José de Resende Filho.

– E os outros? – perguntou Alvarenga ao trancar as portas.

– Virão mais tarde. Estão ou parecem ocupados – retrucou com aborrecimento o padre Rolim.

– Temos muito que tratar, senhores – apontou Alvarenga.

– Maldito governador! – esbravejou Tomás.

– Não é hora para pragas, filho. Acho que devemos traçar um verdadeiro plano – ponderou o padre Toledo.

– Que novidade! – ironizou Tomás.

– Bem, agora estou liquidado – gemeu Silvério dos Reis e pôs a mão no rosto, choroso.

– Acalme-se! – gritou Rolim. E continuou: – Estamos aqui para elaborar um plano sobre nossa insatisfação...

–... E porque estamos sem nada, pois tudo é retirado daqui, do Brasil – acrescentou o capitão Resende.

Alguém bateu à porta. Silvério dos Reis foi o único a se sobressaltar e perguntou, nervoso:

– Quem é? Quem bate?

A voz veio pronta e curta.

– Sou eu, Bárbara!

Os homens se desconcertaram. Olharam-se desconfiados, menos Rolim, Tomás e Alvarenga.

Quando assomou à porta principal, com a luz às costas, Bárbara revelou-se como uma aparição, porque a névoa penetrava também no ambiente lentamente.

– Vim para ajudá-los com a comida – explicou-se, para quebrar o mal-estar.

Atravessou o salão sob os olhares perscrutadores dos homens e, sem se intimidar, enquanto andava, ainda disse:

– Bom, vocês terão que se acostumar com a minha presença em suas reuniões, porque tenho o hábito acompanhar sempre meu marido em seus compromissos.

Alvarenga, em pé, de cabeça erguida, não ousou olhar na cara dos companheiros, mas, quando os passos firmes de Bárbara se silenciaram na distância, Rolim comentou:

– Ao menos teremos comida boa e a presença de uma bela mulher entre tantos homens feios!

– Sim, o ambiente ficou agora melhor! – acrescentou Tomás Gonzaga.

Os outros permaneceram silenciosos; compreenderam que além de estar em casa alheia, na casa do próprio marido de Bárbara, conheciam a fama de teimosia da anfitriã, sabiam que era mulher de convicção e afeita às coisas políticas.

– Bem, devemos começar esta reunião por este maldito imposto de tantas arrobas – começou a falar o capitão Resende. – Como podemos aguentar tamanha imposição de cem arrobas de ouro anuais! – finalizou, aos berros.

Alvarenga fez um gesto tranquilizador.

– Devemos nos acalmar, porque Minas Gerais depende agora de nós, somente aqui e por nós é que conseguiremos implantar uma nova ordem, não é mesmo? – falou olhando a cada um no olho, deveras entusiasmado.

Todos concordaram, seduzidos pelo homem magro e de gestos cativantes.

Tomás Gonzaga também se ergueu e incentivou.

– Devemos nos reunir com maior assiduidade e organizar um plano!

– Plano?! Para quê? – perguntou espantado Silvério dos Reis.

– Ora, por quê? E aí, então, estamos aqui para nada? Claro que lutaremos por uma independência e um governo nosso, das Minas Gerais! – explicava Tomás com gestos largos e fazendo caretas convulsivas, tão emocionado se encontrava.

Alvarenga encostou-se à parede, nervoso. Sabia que, se as coisas continuassem como a Coroa queria, logo, logo estaria falido, mas também sabia que o ouro, o diamante e outras pedras preciosas se perdiam entre o contrabando, a corrupção e a ganância de muitos nobres, sob a vista enganada dos monarcas dementes ante as ilusórias palavras de ministros e diplomatas escusos, omissos às verdadeiras causas do reino de Portugal.

– Senhores, então? Vamos sistematizar, ou melhor, organizar melhor nossas ideias quanto à República que desejamos ter em nossa Minas Gerais? Todos aceitam e juram fidelidade e lealdade a esta causa? – indagou com voz arrastada e forte o poeta.

– Sim! Sim! Queremos e aceitamos! – responderam concordes os circunstantes.

Encostada a uma parede e com os ouvidos atentos, Bárbara ouviu toda a reunião, mas silenciosa e perspicaz!

SEGUNDA PARTE

SETE

VILA RICA DE OURO PRETO, 1786

Ela corria feliz na frente dele, que não estava tão expansivo e contente. O casal caminhava à beira do rio sob os olhares dos escravos da casa de Maria Doroteia.

– Teu pai me odeia e me quer mal! – explodiu Tomás Gonzaga diante da mocinha.

Doroteia estacou, olhou-o ainda rindo, alheia aos sentimentos revoltados do homem que amava com o amor puro e inocente da adolescência.

– Que importa, Tomás. Eu o amo! – falou e correu adiante, feliz, bem às margens do rio, e inclinou-se para tocar a água.

– Está gelada, como sempre! – gritou.

Tomás teve que rir e encaminhou-se ao local, em passos rápidos, pois queria abraçá-la.

Os escravos também se adiantaram, observando atentos os passos e modos do advogado, homem mais velho que, contudo, sabia respeitar a pouca idade da jovem.

– Vamos sentar e conversar, pode ser? – perguntou Doroteia, olhando-o nos olhos.

– Vamos, por que não, minha querida? – aquiesceu o poeta.

– Bem, você gosta de mim, não é? E eu gosto de você! Mamãe e papai logo logo vão aceitar isto!

Tomás deixou a cabeça tocar no ombro esquerdo dela e murmurou com a voz arrastada, sentida:

– Tenho medo de nos separarem, de prometerem você a outro, mais novo e mais rico, por que não?

Ela o acariciou no rosto e sorriu.

– Não, não. Meus pais me amam e não farão isso, meu e meu Tomás – disse com voz firme, convicta.

Ele inclinou mais e mais a cabeça, até tocá-la no colo, emocionado, já com as lágrimas nos olhos.

– Eu morro! Morro se você não for minha! – gemia descontrolado.

– Não, não. Seremos um do outro, Tomás, acredite nisso! – falava, e sua voz suave penetrava nos ouvidos do homem com cadência e sílabas tão bem acentuadas, confortando-o muito e deveras.

Um dos escravos fez um movimento, um gesto de aviso. Tomás não se ergueu, permaneceu fora de si, alheio, apenas concentrado no rosto, no cheiro e na voz da amada: Maria Doroteia.

– Siô! Siô! Vem aqui, gente! – gritou o escravo.

Abruptamente, num movimento certo, Tomás levantou-se.

– Vá, Maria! Vá por ali, meu bem! – pediu.

– Não me esqueças, querido! – gritou, afastando-se às pressas, puxada pelas mãos nervosas da escrava.

– Não, querida! Jamais te esquecerei – sussurrou acabrunhado o garboso advogado Tomás Antônio Gonzaga.

– À beira do rio, no lugar onde estavam, um canarinho pousou e ficou por ali, ciscando e se distraindo e, depois de instantes, voou.

Dias depois do encontro com Doroteia, Tomás Antônio recebeu em sua vasta casa, de muitos cômodos e grossa estrutura, os homens que se reuniam confidencialmente para tramar contra os desmandos do governador e as ordens cada vez mais penosas da Coroa.

O número de participantes aumentava e não eram tão somente militares de altas patentes, padres e cônegos, fazendeiros e grandes comerciantes, juízes e advogados. Ali, diante do anfitrião, estava um jovem alferes chamado Joaquim José da Silva Xavier, protegido do cônego Toledo.

– Senhores, temos gente nova. Este jovem alferes, que se empenha em querer mudanças. O vigor e o entusiasmo dele me espantam! – apresentou Tomás Gonzaga o magro rapaz de rosto bonito e bem barbeado.

Os homens voltaram-se para o alferes, que ergueu a mão, intimidado pelo anúncio improvisado.

Cláudio Manuel mostrou-se mais preocupado, ergueu-se e anunciou:

– Em breve a economia mineira estará finda e muitos estarão falidos! Devemos hoje tomar uma atitude, urge que nos decidamos de uma vez por todas!

A voz ecoou pela vasta sala de teto alto. Os homens murmuram concordes e Rolim tomou a palavra.

– Há muito que deveríamos tomar as rédeas dos negócios da província! Alimentamos com os braços de nossos escravos, com o ouro e o diamante de nossas jazidas o governo de desmandos das Minas Gerais, a Coroa da rainha feia e intransigente, a Espanha e a Inglaterra! Nós, pobres, eles, ricos e bem confortados! – gritava o padre enérgico.

Em sua cadeira, Silvério dos Reis remexeu-se incomodado. Padre Toledo ao seu lado sussurrou-lhe ao ouvido.

– Quer falar?

– Hã?! Não, não, nada, não – respondeu com voz baixa e fina.

O jovem Joaquim Xavier ergueu a mão. Voltaram-se para ele, atentos. Raramente naquelas reuniões alguém se intrometia. Procuravam falar apenas Rolim, Alvarenga, Tomás Gonzaga ou o padre Toledo.

"Por que quer falar este que não tem o que comer e onde morrer?", pensou Tomás Gonzaga.

– Fale, moço, você tem a palavra – permitiu Rolim, encaminhando-se a Joaquim Xavier.

– Nosso grupo é pequeno, apesar dos senhores, homens ricos e proprietários, por isso...

– Isso o quê? – indagou Rolim.

– Acredito, padre, que devíamos trazer mais gente, fazer que nos conheçam por aqui e fora.

– Fora? Onde? – Quis saber Alvarenga.

– Ora, também no Rio de Janeiro, não é mesmo?

Todos se entreolharam, e o silêncio perpassou por entre os lábios de alguns medrosos, que mexeram as pernas e se acomodaram melhor no espaldar das cadeiras.

– No Rio de Janeiro? Sim, lá na capital será melhor! – asseverou o então tímido padre Manuel Rodrigues.

Logo o vozerio tomou conta: uns a favor, outros contra a ideia, mas gritos se ouviam por ali, depois de várias reuniões frequentemente sussurradas, a portas bem trancadas e com olhares severos de desconfiança.

– Sim, a forma de governo: República!

– Não daremos liberdade aos escravos!

– Devemos criar uma bandeira, um lema também!

– E o Tiradentes deverá ir ao Rio de Janeiro para difundir a nossa causa! – gritou Rolim.

– Quem?

– Este aqui, Joaquim Xavier! Ele é o Tiradentes, o que teve a ideia! – confirmou o padre de queixo pontiagudo, homem feio.

E o até então desconhecido Joaquim Xavier tomou a seu encargo a tarefa de buscar adeptos, convencer outros tanto nas Minas Gerais como na capital colonial, na cidade do Rio de Janeiro.

MESES DEPOIS, OUTUBRO DE 1786
FAZENDA DAS ALMAS, ITAMBÉ DO MATO DENTRO

A porta abriu-se demoradamente, e um braço esticado permitiu que os visitantes entrassem.

Quem os recebeu foi Quitéria, de olhos baixos, chorosos, suspirando nervosamente enquanto permitia que circulassem pela sala Bárbara e Alvarenga em penumbra.

O casal fora ao encontro do foragido padre Rolim. Ele achou apoio no velho pai, que permitiu que se refugiasse na casa grande da fazenda e trouxesse sua amante, filha da Chica da Silva, mulher do poderoso contratador João Fernandes de Oliveira.

– Estão cansados, meus amigos? – perguntou Rolim, que se mostrou à luz, agora mais magro e feio que antes. O medo que sentia do governador Luís da Cunha Meneses era por conta da segurança de Quitéria e dos filhos que tinha com a mulata. "Como protegê-la? Foi tudo tão rápido."

– Vamos! Vamos sair daqui e deixá-los a sós! – convidou Bárbara. Quitéria levantou-se, obediente.

Alvarenga, também nervoso, sentou-se ao lado de Rolim. O padre temia como jamais alguém o vira temer, porque era tido como frio e sem emoções, mas a preocupação com os filhos deu-lhe agora novos acessos de responsabilidade.

– O que vocês fizeram, Rolim?

– O que todos sabem é verdade. Meu irmão e eu destruímos os documentos do desembargador Antônio Diniz da Cruz e Silva!

– E destruíram?

– Sim, tudo, todos os documentos que ele havia investigado...

Interrompeu-se para inclinar a cabeça e com um olhar arrastado, sofrido, olhou para Alvarenga, que se aproximou carinhoso e o abraçou, amigo:

– Vamos, Rolim, nada disso, vamos cooperar e ajudar, sim?

Rolim fez que sim com a cabeça e pela primeira vez Alvarenga viu aquele que era considerado homem forte e mau chorar sentido. Foi um gemido longo e rápido.

– Eram as investigações sobre as autoridades portuguesas envolvidas com subornos ou corrupções, entende? – explicou.

– Entendo, meu amigo, mas você deverá aguentar as consequências punitivas – alertou Alvarenga.

– Sei! Sei, José! – concordou o padre.

– E o teu irmão? Onde está?

– Esteve comigo, mas achamos melhor nos separarmos, porque o cerco está mais forte, agora não sei mais por onde anda, mas papai está providenciando os meios de nos poupar – falou, ainda emocionado.

– Não fique assim, Rolim. Soube que Plácido está no Arraial do Tijuco e costuma sair à noite.

– Ah! Bendito seja Deus! Que boa notícia!

Alvarenga ficou de pé diante do amigo.

– Que foi? Que quer dizer? – quis saber Rolim.

– O irmão de Quitéria conseguiu que ela entre no convento das Macaúbas, mesmo acompanhada de Mariana Vicência – avisou.

– Conseguiu? Ele é protegido de Cunha Meneses!

– Rolim, creio que você não está apto para julgar, porque Quitéria foi aceita com a filha para viver entre freiras!

O padre feio olhou compreensivo e acatou humilde:

– Certo, Alvarenga, não estou em posição de honra!

No terreiro, Bárbara consolava a desolada Quitéria.

– Senhora, ele não gosta de ninguém, e agora vivo assim, de lugar em lugar, olhada com espanto, amasiada do padre Rolim! – esbravejava a concubina.

– Acalme-se, querida, acalme-se, porque você gosta dele e ele de você!

Quitéria olhou-a, surpresa. Não esperava palavras assim de uma dama e aquietou-se.

– E outra coisa boa: teu irmão, Simão Peres, conseguiu tua permanência nas Macaúbas!

– Hã?! Meu Deus! Que bom, minha irmã está por lá! – animou-se.

– Sim, o tempo de tristezas vai acabar!

Mas Quitéria cobriu o rosto de tristeza e respondeu:

– E minha filha Mariana? – falou com os olhos arregalados.

– Você irá para o convento das Macaúbas com a tua filha Mariana!

Mal terminou de falar, Quitéria abraçou fortemente Bárbara, agradecida.

OITO

VILA RICA DE OURO PRETO, 1787

Na varanda da grande casa de Tomás Antônio Gonzaga estavam sentados diante dele Alvarenga e Bárbara. Conversavam trivialidades, coisas do comércio de diamantes e de gado, mas Tomás se mostrava inquieto, nervoso.

– É a menina, Tomás? A Doroteia? – preocupou-se Bárbara.

O homem olhou-a desconcertado. Não esperava a pergunta.

– Como estão as coisas entre vocês? – continuou ela, olhando-o nos olhos.

Tomás permaneceu em silêncio por instantes e depois falou reticente; não tinha costume de expor a afetividade.

– Nada está bem; os pais não gostam de mim... Me acham velho demais.

– Sim, você é! – Bárbara disse, rápida, e continuou: – Mas gosta dela, não é?

– Muito! Muito!

– E então, como será? – falou Bárbara ávida por saber o que pretendia Tomás.

Ele compreendeu e sacudiu a cabeça, várias vezes, enfático.

– Não, isso não. Não irei raptá-la – disse convicto.

– Você a perderá, entende? Eles não a casarão com você – concluiu, convicta, Bárbara.

Alvarenga levantou-se e fez sinal para que Bárbara se retirasse. Ela não se mexeu, permaneceu sem atinar no rosto vermelho do marido, que insistia sinalizando para que ela saísse. Bárbara permaneceu, alheia aos gestos.

– Tomás, o que pretende, realmente? – perguntou o homem.

– Não sei, José. Não sei, estou cada vez mais confuso com esta situação.

– Ela sempre quer te ver? – perguntou Bárbara.

– Sim, ela é uma flor e gosta de estar comigo – respondeu apaixonado.

Alvarenga olhou para Bárbara, que esboçou um sorriso, grata por ter permanecido.

– É, meu caro, amar tem tais peripécias vez por outra, e agora é tua vez – falou Alvarenga, reflexivo.

Bárbara deixou o olhar perder-se no horizonte, além da igreja e das colinas defronte da casa. "Ainda falta que ele sofra mais!", pensou.

Tomás ergueu-se lentamente sob o peso de um amor insolúvel, impedido pela incompreensão: era um homem de esperanças, cheio de ideias, mas apaixonado por uma menina-moça. Maria Doroteia trouxe-lhe em idade adulta o aperto do coração. Ele atravessou o pátio, passou adiante do grande portão e pôs-se a caminhar em linha reta, distanciando-se do casal, que o observava silencioso.

– Por que não se retirou como pedi, Bárbara?

– Senti que ele queria que eu permanecesse. Ele não suportaria mais falar de si, de sua intimidade, com você. Como poeta, então ao escrever extravasa melhor o seu triste interior sem correspondência de amor.

Alvarenga balançou a cabeça, concordando.

– Sim, os poetas escrevem melhor quando o sofrimento lhes toca a alma, não é mesmo?

– Ele escreverá agora os melhores versos em um excelente, único poema. Esperemos e veremos! – falou Bárbara, profética.

Um forte temporal desabava sobre a vila, e os trovões ruidosos, seguidos pelos intermitentes clarões dos relâmpagos, davam um aspecto de suspense e de assombro aos muitos homens reunidos na casa de Cláudio Manuel da Costa.

A divulgação feita pelo jovem Joaquim Xavier, além do grande descontentamento dos senhores proprietários, militares e comerciantes, trouxe novas caras, novas adesões.

Ali estavam presentes e aborrecidos, entre outros, o contratador Domingos de Abreu Vieira, o desembargador Tomás Antônio Gonzaga, o ouvidor José de Alvarenga Peixoto, os padres Manuel Rodrigues da Costa e Carlos Correia de Toledo e Melo, o coronel Francisco Antônio de Oliveira Lopes, o capitão José de Resende Costa e seu filho, José de Resende Costa Filho, o sargento-mor Luiz Vaz de Toledo e Pisa, o entusiasmado alferes Joaquim José da Silva Xavier, de alcunha Tiradentes, e Joaquim Silvério dos Reis.

Todos estavam nervosos, entre os clarões intermitentes, a fúria das trovoadas que ribombavam por cima das cabeças, a ventania que fustigava e sacudia violentamente as cortinas e os panos da longuíssima mesa e a saraivada torrencial e intempestiva do aguaceiro incessante.

– Virgem Santa, que o mundo está a acabar! – falou o padre Toledo quebrando o silêncio de ódio dos circunstantes.

– Senhores, estamos aqui por uma causa – principiou a falar Alvarenga. Olhou em derredor e prosseguiu: – Nossa inspiração deve estar selada naqueles pensadores franceses, como Jean-Jacques Rousseau, Voltaire ou d'Alenbert, entre outros. Devemos ter cuidado em não permitir que a Coroa portuguesa prejudique nossos negócios e arruíne nossa vida mais do já fez! – falou, olhou por instantes convincentes e depois se sentou.

Cláudio Manuel levantou-se e se pôs no centro da sala. Tinha nas mãos um pano, que desdobrou lentamente ao aproximar-se da mesa.

– Aqui temos a bandeira da República que lutaremos para estabelecer nas Minas Gerais!

Um alvoroço se formou. Muitos se ergueram, precipitaram-se à mesa para ver melhor o pano, a bandeira em suas cores vivas:

– *Libertas quae sera tamen.*

E entre mãos que a tocavam, sussurros e suspiros involuntários, os olhos de Joaquim Xavier brilhavam extasiados às palavras em latim – "Liberdade ainda que tardia"! A liberdade tardia muito significava para ele enquanto pobre que lutava e aspirava por melhores condições de vida: seus sonhos eram impossibilidades; a falta de dinheiro impedia o desenvolvimento de suas ambições como técnico ou engenheiro em drenagem de rios. O seu olhar embevecido, voltado ao pano, à bandeira, era observado com interesse por outros: Alvarenga Peixoto e Tomás Gonzaga.

– Vamos, meus caros. Vamos iniciar este negócio que é a República no espírito dos franceses, pelo caminho dos americanos do norte! – falou, empolgado, Tomás Gonzaga.

Joaquim Xavier voltou a si e sentou-se, não sem olhar firme para Tomás, com quem não simpatizava, mas ouvindo as palavras de Silvério:

– Meu jovem, muito devemos a você!

E Joaquim olhou-o e sorriu, animado com as palavras.

Silvério dos Reis endireitou-se na cadeira, juntou os pés e os balançou, satisfeito.

Alvarenga Peixoto observava os movimentos de Silvério. Seus olhares cruzaram-se, mas este desviou rápido como uma serpente age, imperceptivelmente, retornando o olhar quando Alvarenga distraiu-se.

"Este Silvério às vezes me parece desconfortável entre nós. Por que será que ele chega sempre depois de iniciada a reunião e é o primeiro que se retira, sempre às pressas? Que coisa!", pensava Alvarenga sem grandes preocupações.

– Queremos a república, porque teremos os esclarecimentos melhores, a iluminação pela razão, nada de crendices ou tolas espiritualidades, mas a verdade da boa razão, calcada na ciência e na instrução, horizonte perfeito ao alcance do homem esclarecido! – falou em alta voz Tomás Antônio Gonzaga.

– Eu apoio e acredito! – ergueu-se, batendo palmas, Cláudio Manuel.

Padre Toledo aproximou-se de Joaquim Xavier, dizendo:

– Muito devemos à intrepidez e coragem deste jovem! – E ergueu a mão direita do jovem alferes. – Sim, nós conseguiremos a nossa República! – gritou o padre.

– Viva! – gritaram em voz forte muitos deles.

Quando ninguém esperava, Silvério dos Reis levantou-se e com o chapéu às mãos encaminhou-se à porta principal.

– Boa noite, coronel? – saldou Alvarenga.

O homem estacou surpreso. A cor lhe fugiu do rosto. Nada falou.

– Boa noite, senhor – repetiu Alvarenga, e agora todos se silenciaram e observavam o modo patético de Silvério. – Que houve?

Então o coronel voltou-se ao seu interlocutor, com o semblante duro, sério, e em tom seco, murmurou entredentes:

– Boa noite, doutor Alvarenga!

E este sorriu e inclinou a cabeça.

– Vá em paz e com Deus!

VILA RICA DE OURO PRETO, 1788

Ele estava encapuzado. Vinha pela noite frienta somente deixando os olhos puxados serem vistos. As pessoas que cruzavam seu caminho percebiam que aquele homem tinha um não sei o quê de raiva, ou melhor, ódio. Ele caminhava encurvado, em zigue-zague, nervoso. Era um homem de astúcia e modos furtivos. Para onde ia caindo assim, tropeçando e suspirando? A respiração ofegante amedrontava os transeuntes, as pessoas tremiam ao cruzar com aquela figura esguia e de movimentos intermitentes.

Na reservada recepção que acontecia na casa de Cláudio Manuel da Costa, os convidados eram discretos e conversavam tranquilamente. Bárbara estava acompanhada de quase todos de sua família.

A ocasião era propícia por conta da chegada do novo governador D. Luís Antônio Furtado de Castro do Rio de Mendonça e Faro, Visconde de Barbacena. A cidade estava cheia, e vários eventos ocorriam em comemoração, mas a insatisfação e descontentamento cobria como uma nuvem tempestuosa o semblante dos homens naquela ampla sala.

Alvarenga estava próximo à janela e conversava com o sogro e o cunhado Joaquim.

Bárbara entretinha-se com a filha, na companhia de Leocádia e da irmã Ana Fortunato.

– Bárbara, não insista. Eu não me casarei com ele! – dizia Ana, convicta.

– Como, não? Que há, Ana? E então? – impacientava-se Bárbara.

– Por que tem que falar isto agora? Que hora! Eu não quero falar disto! – Ana respondia nervosa.

As duas irmãs estavam muito próximas, quase coladas no rosto uma da outra. A conversa era sentida, impaciente, e as mãos de Ana tremiam e seus olhos marejavam.

– Então? Então como será? – murmurou Ana e colocou a mão à boca, demasiadamente nervosa.

– Então eu fico, eu fico com o bebê como se fosse meu! – falou firme, Bárbara.

Ana olhou-a abismada e recuou alguns passos. Leocádia avançou na direção de ambas.

– A mãe de vocês, d. Josefa, está vindo para cá! – anunciou e ficou perto.

– Mamãe quer o quê? – disse Ana com os lábios trêmulos.

D. Josefa aproximou-se de maneira calma. Parou diante das filhas e sorriu complacente.

– Aquele moço que gosta de você, Ana, está lá fora e quer entrar. Deixo?

– Mamãe...?

– Ele está suplicando para entrar, filha!

Ana arregalou os olhos, mexeu e apertou as mãos, olhou para a irmã e desatou a chorar, convulsivamente.

D. Josefa quis abraçar a filha, mas ela jogou-se nos braços de Bárbara, que a apertou ao encontro de si, amavelmente.

– Vamos, Ana, acalme-se, eu estou aqui, com você – acalmava a irmã.

– Que houve? Que Ana tem, Bárbara?

– Nada, mamãe. Ela está nervosa.

– Por quê?

No mesmo instante, Joaquim aproximou-se com o outro irmão, José Maria.

– Ana, você tem que nos acompanhar à entrada da casa.

– Por quê? Que há?

– Porque Leopoldo está gritando na rua que quer te ver, senão contará a todos um segredo – explicou com certa insatisfação o irmão.

– Mas ele não contará nada – disse Bárbara, que se desvencilhou da irmã e passou entre os irmãos com ímpeto, decidida.

– Não, Bárbara, fique! – gritou Ana.

– Mas o que está acontecendo? – perguntava d. Josefa enquanto seguia Bárbara.

Alvarenga e dr. Silveira seguiam com os olhos os movimentos de Bárbara. Ela desceu a escadaria principal, que dava para a rua, acompanhada dos irmãos Joaquim e José.

Na calçada defronte à entrada da casa estava Leopoldo, andando de um lado para o outro.

– O que você quer? – interpelou Bárbara.

Intimidado mais pela presença da bela mulher que pelos homens que a acompanhavam, o homem acalmou-se.

– Quero falar com a Ana. Ela não me deixa aproximar, e eu quero casar, ficar com ela! – falava nervoso, de cabeça baixa.

– Mas me contaram que o senhor pretendia gritar o segredo dela ao vento! – quis saber Bárbara.

– Que segredo é este com a nossa irmã? – intrometeu-se Joaquim.

– Sim, qual é o segredo? – reforçou José.

Bárbara pôs-se entre Leopoldo e os dois irmãos, que já se irritavam com o silêncio de Leopoldo.

– Pois bem, vamos entrar, aqui está muito frio. O meu marido quer conversar com você, e a Ana atenderá ao seu pedido!

– Alvarenga? Por que não nós ou papai?! – protestou José Maria.

– É melhor que seja com o Alvarenga, José. Já desconfio que é um grande problema e o papai deve ser poupado – alertou Joaquim, preocupado.

– Deixem-me vê-la! Eu gosto da Ana, e não era para ela ficar assim, tão nervosa, não é mesmo, moça?

Bárbara olhou bem o distinto homem que estava à sua frente. Era um homem de boa aparência, de presença, bem-vestido e um próspero fazendeiro, caído de amor, apaixonado pela sua irmã.

Olhou-o bem e avançou com as palavras certas.

– Se você gosta dela, então eu a farei se casar com o senhor!

Leopoldo ergueu a cabeça e, agradecido, ajoelhou-se diante de Bárbara.

– Sim, amo, gosto muito e quero que seja minha mulher! – afirmou sem vergonha, Leopoldo Gomes de Melo.

Na verdade, Ana estava grávida. Então ficou acertado que ficaria certo tempo distante, longe da família; o bebê depois seria dado a Bárbara, que o teve como filho, e Ana casou-se com Leopoldo mais tarde.

Enquanto Leopoldo e Alvarenga conversavam sob os olhares atentos dos convidados sobre a condição de Ana, a grande porta do salão abriu-se e mostrou a figura esquálida e maltrapilha do encapuzado.

Alguns homens deram passos à frente para interceptar a figura estranha, mas imediatamente o homem retirou o capuz. Era Rolim.

Os olhos dele estavam avermelhados e a boca tremia. Estava mais frio do que nunca. Seu aspecto era formidavelmente medonho.

Ele avançou trôpego pelo salão. Alvarenga adiantou-se apressado; mal chegou ao padre, ele desfaleceu em seus braços.

– Vamos! Ajudem-me a levá-lo para uma cama. Está febril, está doente! – gritava Alvarenga.

Bárbara o acudiu acompanhada por Leocádia. Subiram rapidamente os degraus da escadaria até o primeiro quarto, preparado às pressas para Rolim, que chegou desacordado nos braços de Alvarenga e Joaquim.

– Ele está ferido? – quis saber Bárbara.

Leocádia prontamente rasgou-lhe a blusa e puxou-lhe as calças. O homem tremia febril. Bárbara saiu dizendo que traria água numa bacia enquanto Cláudio e Alvarenga se entreolhavam, nervosos.

– Por que ele chegou em tal estado? Que aconteceu? – perguntava, alheio, Alvarenga.

– Parece que foi perseguido. Isso é coisa provocada pelo medo!

– Rolim, com medo? Duvido! Acho que é doença mesmo – asseverou, convicto, Alvarenga.

Leocádia, agora com outra escrava, despia completamente Rolim.

– Senhores, por favor, retirem-se! – pediu.

Desconcertados, os homens saíram, obedientes. Rolim estava completamente nu e trêmulo enquanto era cuidado pelas mulheres.

Por aquela noite e pela manhã seguinte, Rolim delirou, tremeu e derreteu-se em suores fortes, mas à tarde recobrou os sentidos e as suas primeiras palavras foram as maldições ao novo governador.

– Que ele se ferre! Que vá ao inferno com as pretensões da derrama! – gritava enquanto Leocádia tentava dar-lhe sopa na boca.

– Sossegue homem! Está ainda fraco! – falava Alvarenga, acalmando-o.

– Como cheguei aqui? Nem sabia por onde andava, tão perturbado estava!

– Chegou quase morto e nos assustou muito!

– Vocês cuidaram de mim...

Alvarenga sorriu e olhou para Leocádia. O outro compreendeu e também retribuiu o sorriso.

– As mulheres têm mãos que cuidam bem até do Diabo, não é mesmo? – falou Rolim, gaiato.

Leocádia fechou a cara e não ergueu a colher com o caldo. O homem olhou-a, divertido, e piscou um dos olhos. A mulher esboçou então um sorriso.

– Fico agradecido por ter cuidado de mim!

Bárbara entrou no quarto e dirigiu-se ao leito. Tocou-lhe na testa.

– Ah! Sim, a febre foi embora finalmente. Renasceu, padre! Que luta foi para salvá-lo, ficamos cansadas!

Rolim, então, compreendeu que além de Leocádia, Bárbara também esteve envolvida. Quando olhou para Alvarenga, o amigo estava sério e não correspondeu ao olhar.

A presença de Bárbara fez a conversa tomar outro rumo.

– Se o governador decretar a derrama, estamos decididos pela revolução – avisou Alvarenga.

Bárbara voltou-se aborrecida.

– Alvarenga, mas o que é isso?! Ele precisa descansar, nada de falar de revoltas! – pediu.

Os olhos de Rolim brilhavam. Alvarenga suspirava animado. Leocádia ergueu-se com a travessa e o prato vazio e passou por Bárbara em silêncio.

– Bené melhorou, Leocádia? – perguntou Bárbara.

– Sim, está melhor; está agora a dormir.

– Você está cansada, pode deixar que eu a vejo, cuido dela. Você poderá descansar.

– Senhora?!

– Já disse para não me chamar assim. Quero que me chame de Bá. Vá. Descanse. Dela, eu cuido!

Leocádia voltou e abraçou-a, contente.

– Deixa disso! Deixa, filha!

Rolim observava, mas Alvarenga estava completamente tomado de amor pela mulher. Aproximou-se sorrateiro e enlaçou-a com os braços pela cintura, voltando-a para si. Um ficou diante do outro, olhos nos olhos, boca a boca, o hálito de um sentido pelo outro, e Bárbara tombou a cabeça no peito de Alvarenga. Ele pousou a mão direita em sua cabeça, amorosamente.

Os olhos de Rolim estavam fixos, atentos no casal.

O piar de uma coruja foi ouvido, longo e distintamente.

NOVE

SÃO GONÇALO DO SAPUCAÍ, JANEIRO DE 1789

Maria Ifigênia e Bené brincavam próximo ao córrego da fazenda. As mães observavam ao longe. As mulheres andavam por entre as árvores e vez por outra esgueiravam-se para ver melhor através dos galhos e arbustos.

O sol brilhava em todo o seu esplendor. Os raios espargiam-se delicadamente pelas copas das árvores mais altas e, numa tentativa persistente, filetes de luz chegavam tímidos às plantas rasteiras. Ali tudo parecia calmo e favorável ao bem-estar. Contudo, Bárbara tinha os passos pesados e as mãos juntas, mas disfarçava o pesar.

– Não quer falar sobre o que está acontecendo? – perguntou Leocádia, subitamente.

Bárbara olhou-a surpresa. A criada jamais expressou qualquer noção de estar atenta aos problemas, somente quando a senhora falava. Sempre esperava que Bárbara iniciasse a conversa.

Nas comarcas e vilas, o assunto que corria era a derrama: os proprietários, aqueles que possuíssem minas, trato com o ouro ou o diamante, deveriam pagar o imposto exigido do quinto.

– Mais um pouco e estamos arruinados! Alvarenga não dorme, e as dívidas assombram nossos bens; ele deverá vender fazendas para poder pagar o imposto, mas nós já perdemos muito, Leocádia – proferiu Bárbara com voz baixa para a criada.

– A coisa está tão feia assim?

– Não mais porque me basta pouco. Alvarenga é que lamenta o que irá perder.

– A senhora continuará na cidade ou virá para cá?

– As despesas devem diminuir, não é mesmo? Gosto daqui, da casa. Caso tudo venha a se perder, ficarei por aqui.

– E se o siô não pagar?

– Tem que pagar, porque acumula. A conta é vinte por cento do ouro obtido. Se não pagar agora, pagará acumulado mais tarde.

– É, bem, isso é complicado para os brancos, né?

– Sim, paga também por tanta escravidão e ganância! – exclamou Bárbara e fixou o olhar na outra, que desviou seus olhos.

– Olhe! As crianças entraram na água! Vamos que logo gritam por nós! – falou Leocádia enquanto erguia-se.

– Leocádia! Espere! – pediu.

– Que é? Vamos?!

– Não, antes quero falar uma coisa.

– O quê?

– A alforria, eu te darei a liberdade, meu bem!

A mulher arregalou os olhos e manteve os braços suspensos, estupefata. Que fazer? O que estava ouvindo? Era verdade?

– Leocádia? Que foi?

– Hã?! Bárbara? – Estava como que com os sentidos suspensos. Alheia, fora de si.

– Escute, preste atenção. Você terá a sua liberdade em breve, minha amiga! – E assim falando, abraçou-a.

As meninas puseram-se a gritar com veemência. As duas mulheres correram ao encontro das filhas levantando aos tropeções, abraçando-se e rindo, felizes.

CACHOEIRA DO CAMPO, 15 DE MARÇO DE 1789

A neblina ofuscava os olhos e o trote lento do cavalo do coronel da cavalaria auxiliar dos Campos Gerais, Joaquim Silvério dos Reis. Ele, no entanto, estava empertigado, firme, sobre o animal. Sabia aonde ia e o que lá faria.

A manhã estava silenciosa, um cheiro de umidade proveniente do capinzal impregnava o ar. O homem trotava com a sua cara larga e os olhos brilhantes. Ali estava Joaquim Silvério em seu trote comedido. Homem de decisão, ele que se mostrava vez por outra arredio, intimidado, cheio de dedos quando o assunto se aprofundava, desconfiado. Ali estava, no entanto, às portas do palácio do governador de Minas Gerais; o coração cheio de decisão e a cabeça repleta de ideias, conversas, teorias, observações, escutas e conhecimentos alheios.

Vinha e vinha para contar o que sabia e as suas palavras proferidas, ditas, declaradas, seriam mais preciosas que as de um profeta, mensageiro, poeta ou pregador.

O homem apeou, e os criados dos serviços de administração aproximaram-se, solícitos.

– Senhor?

– O governador me aguarda – murmurou enquanto segurava o chapéu que quase lhe foi arrancado da cabeça pela súbita rajada de vento.

– Por aqui, senhor, me acompanhe – serviu-lhe de guia um dos homens.

Joaquim Silvério não encarou o outro, atitude própria de quem pretende praticar algo escuso.

– Sim, eu o acompanharei – disse.

As botas do coronel ecoavam pelos corredores, em som oco, constante e forte. Todos que cruzavam por ele olhavam-no, mas ele inclinava a cabeça. Não queria ser reconhecido. Como suportar os olhares? Desviava-os, abaixando a cabeça, resoluto.

O outro estacou ante uma alta e larga porta e bateu duas vezes, fortemente. Então passos foram ouvidos; alguém do outro lado caminhava lenta e preguiçosamente, pois abriu a tremenda porta escondendo-se por detrás dela.

No meio da sala, sentado diante de sua mesa, encontrava-se D. Luís Antônio Furtado, que se ergueu rápido e, com um gesto vigoroso, pediu que o coronel entrasse.

– Entre! Entre! Por Deus se acomode numa dessas poltronas.

Inquieto, curioso ainda, Silvério olhou para trás e viu ainda a escrava a esgueirar-se pelo vão da porta e sumir. Foi ela que abriu a porta e se escondeu.

– Pois bem, senhor...

– ...coronel Joaquim Silvério dos Reis, da cavalaria auxiliar dos Campos Gerais, senhor governador.

D. Luiz Antônio percebeu que estava diante de um homem traiçoeiro, dissimulado, porque ele não deixou de voltar-se para ver a escrava que abriu a porta.

– Sim. Então, por que o senhor veio?

– Para contar coisas graves, gravíssimas, que ocorreram e estão para acontecer por esta comarca e outras vilas – prorrompeu Silvério.

D. Luiz inclinou-se sobre a grande mesa. Seu rosto quase encostou no de Silvério, coisa de segundos. Em seguida ergueu-se, juntou as mãos e disse com a voz grave:

– É uma denúncia, sr. Silvério?

– Bem, bem, uma denúncia?

O governador ficou em pé, empertigado, e quase gritou:

– Senhor coronel da cavalaria, pergunto mais uma vez: é uma denúncia?

Os joelhos de Silvério tocaram-se, trêmulos, e uma súbita dor na coluna fez Silvério dos Reis nada pronunciar, porque ficou alheio. Arrependido? Não, apenas surpreendido pelas circunstâncias. Mas nada respondeu a D. Luiz.

– O senhor está perante o governador e teme me dizer a verdade? – gritou e socou em seguida a mesa.

Surpreendido por aquilo que mais possuía, covardia, Silvério confirmou:

– Sim, senhor, venho trazer uma denúncia de alta traição.

Ao ouvir a confirmação, D. Luiz sentou-se atônito.

– Quem é? Como tomarei conhecimento do que se trata? Como será? – perguntou com sofreguidão.

As mãos brancas, muito brancas e de unhas limpas do coronel fizeram deslizar algumas folhas sobre a mesa.

– Tenho tudo aqui detalhado sobre tais homens...

– Tais homens? É uma revolução? – admirou-se o governador das Minas Gerais.

Do outro lado da mesa, o governador atentou para os dentes encavalados do coronel. Reparou que o sujeito não tinha boa aparência; era um homem de traços comuns com uma grande boca e grandes dentes.

– Bem, senhor, já estive com alguns desses homens que relato em minha carta...

Interrompeu-se porque D. Luiz pegou as folhas e pôs-se a lê-las, interessado.

– Hum... Hum... Bem, temos nomes de gente grande por aqui – dizia e passava a língua sobre os lábios. Então a rainha não ficará contente em saber que seus melhores homens são traidores! – falou e bateu o punho na mesa.

A voz monótona de Silvério chegou aos ouvidos do homem mais poderoso das Minas Gerais com as acertadas palavras de entrega, de traição:

– Senhor D. Luiz, a bem da verdade tomei parte de algumas conversas e assentos no mês de fevereiro com o sargento-mor Luís Vaz de Toledo, que falou mal do senhor e disse que o regimento seria colocado abaixo, logo agora que cheguei à patente de coronel, entende? Fiquei até aborrecido!

– Continue, coronel, e então?

– Então que tudo estaria a perder, eu que havia posto tudo em ordem, ajeitado os homens na finalidade à Coroa, e isso agora, pois bem, logo em outro dia pernoitei à casa do capitão José de Resende e lá soube de coisas maiores...!

– Do quê? De que trataram?

– Aproveitando de meu mau humor, da raiva porque o regimento e tudo estariam pelo fim, o sargento Luís Vaz me confiou que havia uma configuração e me fez jurar segredo sobre o assunto.

– Então? Que era?

– Que o primeiro cabeça da conjuração era o desembargador Tomás Antônio Gonzaga, que pretende casar, mas é somente pretexto. Na verdade é um frívolo que pensa as ideias que movimentarão as leis do novo regime – falou olhando firme para o outro.

– Novo regime?! É?

– Sim, e ele tem companheiros como o ouvidor Inácio José de Alvarenga e o padre José da Silva e Oliveira, que se valeu do alferes Joaquim José da Silva Xavier, que propaga as ideias e seduz a muitos, tanto aqui por nossas vilas quanto no distante Rio de Janeiro. Este jovem possui fôlego, senhor!

D. Luiz observava calado. A boca feia e mole do coronel articulava as palavras como um jacaré engole num só jato os sapos à beira do pântano. O governador observava o homem com asco, mas não deixava entrever em seu olhar o nojo e o desdém que nutria dentro de si.

– Os nomes dos homens dessa conjuração estão todos nestas folhas que me entregou, coronel?

– Sim, senhor. Estão.

– E como pretendem surpreender o governo das Minas Gerais?

– Inácio José de Alvarenga deve mandar duzentos homens do campo, esses desgraçados pés-rapados, e outros duzentos por conta do padre José da Silva.

– E? Como estarão? Quem os manterá em ordem?

– Há mais de sessenta homens de nobreza destas Minas que sustentarão os pés-rapados, que virão armados de espingardas e facões, mas não virão juntos, virão dispersos pela vila, para surpreenderem, entende?

– Entendo, mas quando acontecerá o levante?

– Bem, a senha para o assalto deverão ser cartas dizendo que dia é o batizado...

– H-hum... hum, entendo... – murmurava o governador.

– Então... então ...

– O quê, senhor coronel? Fale!

– A primeira cabeça a ser cortada deverá ser a sua! E pegando-lhe pelos cabelos, erguida e mostrada ao povo!

O governador tinha os olhos inflamados e pôs-se de pé. Ele estava tremendo de raiva enquanto pronunciou:

– E quem assim determinou? – gritou.

– Tomás Antônio Gonzaga, ele mesmo, porque também pretende cortar a cabeça dos outros!

– Que outros?

– Do ouvidor desta Vila Rica, Pedro José de Araújo; do escrivão da junta, Carlos José da Silva e do ajudante de ordem, Antônio Xavier, porque são do partido do senhor, então primeiro tentarão dissuadi-los de seguir o senhor, mas, se persistirem, também lhes cortarão as cabeças – explicou o coronel.

O governador sacudiu a cabeça, em seguida tamborilou os dedos da mão direita na mesa, preocupado.

– Tenho que saber se é verdade o que me conta e quanto participou disto, senhor coronel – falou o governador com tom incisivo, voz arrastada, quase ameaçador.

O outro olhou-o desconcertado. A boca feia se mexeu e a voz saiu nervosa:

– O senhor pode acreditar, sou verdadeiro, vim aqui relatar o que sei e do que participei, entende, senhor?

– Sim, entendo que esteve junto e agora veio entregar a todos, arrependido, não foi assim? – indagou firmemente o homem mais poderoso das Minas Gerais.

– Não, senhor, não foi assim. Estive entre eles, mas não de comum acordo. Estive para melhor saber e, lealmente, como aqui estou, relatar a verdade da traição desses homens que desonram a Coroa e o nosso bem-estar! – falou com um tom tão alto e tão firme que D. Luiz aquiesceu, satisfeito, pois sentou-se e inclinou a cabeça para o coronel.

– E o que mais o senhor pode contar?

– Que eles me tinham em alta conta porque tenho muitas fazendas e mais de duzentos escravos e poderia mandar barris de pólvora, porque assim saldaria minha dívida...

– Que dívida?

– Bem, como tinha dívida avultada com a Sua Majestade, ajudando-os ficaria isento de pagá-la – explicou por fim coronel Silvério.

– Basta! Chega! Tudo me enoja! Estes homens são os melhores por aqui e intentam uma conjuração – desabafou o governador.

– Mas...

– Mas o padre vigário da Vila de São José, o padre Carlos Correia, não compactua com a sorte pretendida pelo Gonzaga.

– Que ele deseja, então?

– Que não lhe cortem a cabeça, porque a viscondessa e os meninos ficariam em extremo desamparo com a falta de Vossa Excelência, mas que os fizessem seguir para fora da Vila Rica de Ouro Preto, abaixo do Paraibuna, sim?

– E como ficou acertado?

– Tomás Gonzaga acredita que a primeira cabeça a ser cortada deve ser a de Vossa Excelência, por exemplo, e para melhor adesão: general morto, partido enfraquecido!

– Basta! Basta, coronel! Chega desse desatino que me relata – falou o governador com voz embargada, emocionado.

O coronel olhava-o atento, a boca entreaberta e os olhos fixos, atento ao movimento do outro; expectativa angustiada de quem alimentava o mal.

– Convido que fique para o almoço, pois é grave o que me relata, e participarei aos meus secretários o problema!

– Pois sim, senhor, claro. Estou pronto às suas ordens e abomino a todos aqueles que intentam o mal à ordem da província das Minas Gerais, à Vossa Excelência e à Sua Majestade!

E assim falou e fechou a boca, atento ao governador.

SÃO JOÃO DEL REY, 10 DE MAIO DE 1789

A sala estava escura, somente um filete de raio de sol da tarde penetrava com custo no ambiente. O lugar estava gelado e, de tão reservado, deixava o frio mais inquietante, mas duas pessoas estavam ali, silenciosas e cúmplices.

– O coronel nos traiu, Bárbara, tudo se perdeu! – falou Alvarenga.

– O alferes foi preso há poucos dias no Rio de Janeiro, pobre coitado – retrucou Bárbara.

O casal estava assustado ante a novidade, por isso se refugiaram na penumbra da sala; queriam ficar sozinhos, longe da agitação do restante da família.

– Mas se houve denúncia, ainda não poderemos acreditar que está tudo perdido – confiou a mulher.

Alvarenga encaminhou-se até ela, sentou-se ao seu lado e a abraçou, ternamente.

– Seremos enforcados por crime de lesa-majestade, Bárbara!

– Não! Não, querido, não pense nisso!

– Fizemos uma conjuração, fomos contra a rainha e o governador, eles nos enforcarão! – falava emocionado.

A porta abriu lentamente. Era o dr. Silveira.

– O que temos aqui? Estão escondidos?

Bárbara ergueu-se chorosa e foi ao encontro do pai.

– Pai! Meu Deus! Alvarenga está me dizendo que todos serão enforcados, é verdade?

O homem aturdiu-se, mas procurou acalmar os ânimos.

– Não será bem assim, todos terão julgamentos.

– O que o senhor anda sabendo pelas ruas? – quis saber Alvarenga.

– Não pelas ruas, mas em todos os lugares: que foi mesmo o coronel Silvério dos Reis que fez a delação e que está fora da comarca, e que o governador em breve expedirá as ordens de prisões.

– Meu nome foi citado, senhor?

– Sim.

Alvarenga foi à janela e puxou a cortina. A sala iluminou-se parcialmente. Ele andava atônito, nervoso.

– Não, não serei preso!

– Que diz, querido, acalme-se! – pedia Bárbara.

– Não, não serei preso. Tentarei explicar que é uma cilada, que me envolveram nessa conjuração, que não tomei parte.

Bárbara desvencilhou-se dos braços do pai e encaminhou-se ao marido, preocupada.

– Querido, então você trairá nossos amigos?

– Não, não posso deixar minha família, minhas coisas por algo que não deu certo!

– O alferes não mentiu, o pobre Joaquim José está sozinho, preso, não traiu ninguém! Não, você não pode ser contrário a todos, Alvarenga!

Ele olhou-a estupefato, sem saber o que falar.

– Como? Hã? Que é Bárbara?

– Se você, querido, não falar a verdade, eu visto suas calças e confesso tudo por mim: a verdade, as nossas ambições, os nossos desejos por esta terra brasileira – disse e sentou-se, desolada com a emoção do momento.

Alvarenga subitamente tomou consciência de seus medos:

– Querida, me perdoe, me perdoe – pedia emocionado.

Silencioso, o dr. Silveira observava-os sem gesto ou palavra que pudesse trazer conforto naquele instante.

SÃO JOÃO DEL REY, 20 DE MAIO DE 1789

Bárbara olhava da varanda da casa assobradada. Olhava e esperava. Amparada pela mureta, observava atenta o movimento da rua; vez por outra alguém a fitava longamente, outros desviavam o olhar, mas todos sabiam o que se passava no interior da casa. O mundo acordou naquela manhã de outono sabendo que ordens de prisões haviam sido expedidas para colocar sob custódia os homens que intentaram contra a Coroa.

Sozinha, em pé, cabeça altiva, Bárbara aguardava os soldados e o sargento que prenderiam seu marido. O coração batia sôfrego, suas mãos se uniam nervosamente, mas ela não se intimidava. Aguardava. Estaria de pé, diante da traição, da infame delação de Silvério dos Reis.

– Você não entra? Está há muito tempo aí fora? – preocupou-se, Ana.

– Ah! Estou bem, querida.

– Não quer uma xícara de café? Trago já!

Bárbara voltou-se para abraçar a irmã, carinhosa.

– Você me mima demais, meu bem, está tudo bem... E ele, como está? – quis saber.

– Agora adormeceu, estava trêmulo e chorou demais – confiou Ana com voz tremida, quase chorosa.

– Não! Não chore, não podemos fraquejar, meu bem, senão também me arrasto por aí pior que todos vocês.

– Não acredito, Bárbara! Você? Não acredito!

– Pois bem, também sou fraca... Uma covarde! – falou e sorriu, logo se fazendo séria.

As duas se voltaram para o altar e traçaram o sinal da cruz. Permaneceram quietas, orantes, e o silêncio uniu os corações pesados de sofrimentos.

– Ele tem chance? Tudo ficará sem se resolver? – quis saber Ana.

Bárbara estava fora de si, pensativa. Recobrou a atenção e respondeu comovida:

– O pobre José Joaquim foi preso e acredito que deve estar sofrendo muito, por ser pobre, não?

– Que aconteceu? Como tudo foi destruído assim, tão rápido? Que houve?

– Traição do miserável Silvério! Eu sabia, eu desconfiava daquele desgraçado! Ele não me olhava nos olhos, mas ele há de pagar! Ah! Claro que pagará por toda esta miséria e infortúnio que plantou – falou Bárbara brava, e o ódio fazia-lhe crescerem as artérias do pescoço.

Então, subitamente, ela viu o tropel aproximando-se em marcha. Viu e quase desfaleceu, mas amparou-se nas grades e Ana acudiu.

– Que tem? Está se sentindo mal?

– Nada! Me deixe! Eles estão vindo para prendê-lo. Veja!

Ana voltou-se e conteve o grito que partiu do peito logo tapando a boca, ainda produzindo um chiado contido.

– Meu Deus! Pai do céu!

Bárbara entrou e se deparou com a mãe com os braços abertos ao lado do pai, de cabeça baixa.

– Seja forte, minha filha! – encorajou Josefa.

Ambas se tombaram uma nos braços da outra; não se sabia quem segurava ou amparava quem.

– Mamãe! Minha mãe, parece que não aguentarei! – gemeu abraçada à mãe.

O pai encorajou também a filha, dizendo:

– Vamos, filha! Coragem! Acorde o Alvarenga, também estou aqui para o conforto de vocês.

Ela então desvencilhou-se dos braços da mãe e, em passos certos, firmes, abriu a porta do quarto, entrou sem fazer barulho e dirigiu-se à alcova.

Alvarenga dormia tranquilo, tinha a respiração suave, os olhos fechados, a boca entreaberta. Ela ficou instantes a observá-lo e sentiu um calafrio e, em seguida uma fisgada no coração, uma pontada, algo como que penetrante, uma lançada de dor. Curvou-se sem saber por que tombava, compelida pela tristeza, arrastada pelo mal do instante. Que fazer?

Então, súbito, ele abriu os olhos e, assustado, sentou-se depressa na cama.

– Que houve?

Bárbara não respondeu, os olhos consternados, a respiração ofegante. Ele compreendeu, mas a mulher abraçou-o fortemente.

– Eles... Eles estão aí, vieram buscar você! – falou e desviou a cabeça.

Com coragem superior, sem saber como falava, Alvarenga ergueu-se, indômito.

– Vamos, então, é hora!

Ela aquiesceu, olhando-o com verdadeira ternura.

O oficial José Dias Coelho pediu licença ao dr. Silveira para entrar na casa e anunciou:

– Vim, senhor, infelizmente para prender o doutor Alvarenga!

– Sabemos disso senhor oficial. Ele logo descerá e se apresentará ao senhor! – replicou com voz baixa o dono da casa.

Na estreita escada desceu primeiro Bárbara, e todos puderam vê-la vestida de preto, descendo calma e resignada enquanto era seguida pelo marido, também abatido, a aparência medrosa. Ele sofria; estava inquieto.

O oficial tinha a cabeça baixa, envergonhado, e os outros homens não quiseram entrar na residência, permaneceram fora, observando, também envergonhados por se aproximarem de residência tão distinta.

– Senhor, perdoe-me, mas devo levá-lo ao palácio, porque bem sabe do que lhe acusam – falou José Dias.

Alvarenga prendia a respiração e fitava a mulher. Queria tê-la como última imagem bonita e feliz de sua vida.

– Coragem, filho. Tudo se resolverá pelo bem – confortou o sogro.

As mulheres choravam sentidas. D. Josefa estava abraçada a Ana, e Joaquim apertava as mãos, nervoso.

Bárbara estava silenciosa diante do marido. Era dor demasiada, por isso não conseguia emitir sequer um som. Olhava-o atenta, e ele correspondia.

– Vamos?! – exclamou o oficial.

Então Toinho soltou um grito e caiu aos pés de Alvarenga, enlaçando com os seus braços as pernas do senhor

– Não! Não faz! Dexe meu siô! Dexe! – gritava e gesticulava. Mãos lutavam para desvencilhá-lo de Alvarenga, mas o rapaz chorava, chorava e logo, sem forças, ficou caído ao chão gemendo com dor sentida:

– Não! Não façam! Ele é meu siô e... amigo!

Leocádia sentou-se no chão para aconchegar a cabeça de Toinho ao seu regaço, ao seu colo, enquanto a família silenciosamente encaminhou-se à varanda principal para se despedir do poeta e advogado Inácio José de Alvarenga.

Lá fora, o casal se abraçou durante um longo tempo, mas foi ele quem pronunciou a palavra cruel:

– Adeus!

Bárbara sentiu as pernas fraquejarem e uma palidez intensa cobriu-lhe como um véu as faces.

"Nunca, meu amor, devemos dizer adeus!", pensou a forte mulher.

DEZ

ARRAIAL DO TIJUCO, 12 DE JUNHO DE 1789

A sala ampla da enorme casa estava repleta de amigos e conhecidos que amavam Rolim. Entre tantos e tantos estavam seu irmão Plácido e outros homens poderosos do arraial. Tinham os rostos fechados, contrafeitos, mas o padre sorria; esboçava um sorriso cínico e tinha os ombros erguidos e firmes, não parecia abalado.

– Sabe que seu amigo, o ouvidor Inácio de Alvarenga, foi preso e há uma ordem de prisão também para você? – falou Plácido.

Rolim parecia não ouvir, mas pensava na infelicidade que entrou na vida do casal. Como estaria Bárbara? Como salvá-los? Os olhos piscaram, os dois juntos. Que fazer?

Plácido sabia do alheamento do irmão. Adiantou uns passos, pôs-se diante do outro, abraçou-o forçadamente, mesmo com Rolim tentando impedi-lo.

– Sossegue. Sossegue, irmão. Estou contigo – falava e abraçava Rolim fortemente. O padre cedeu, finalmente correspondendo e inclinando a cabeça no ombro do irmão. Lágrimas involuntárias brotaram de seus olhos e ele principiou a chorar.

– Chore, Rolim, chora, meu irmão... Conte, comigo... Coragem, irmão! Isto não é nada – confortava Plácido, não se importando com o sinal de fraqueza de Rolim diante dos outros.

Rolim não se demorou na comoção súbita que o arrefeceu por instantes. Logo desvencilhou-se dos braços de Plácido e se pôs no meio do salão.

– Vamos! Vamos! É hora; quero partir! – dizia, agitado.

– À fazenda das Almas? Lá, não é? – perguntou um dos homens.

Plácido fez que sim com a cabeça. Impaciente, perguntou:

– E o disfarce? Quem colocará a peruca?! As roupas?! – gritou, impaciente.

Logo o acudiram, homens e mulheres, e mãos certas disfarçaram rapidamente o padre. O homem era outro, cabeleira farta, barriga grande e bigode espalhado. Um grande chapéu acentuava o aspecto de desleixo de homem simples, apesar dos gestos largos e charmosos que indicavam a procedência aristocrática.

Rolim estava no meio dos homens e mulheres quando abriram a grande porta. Num vozerio constante e algazarra desatinada, montaram nos cavalos e enquanto o alarido da gente chamava a atenção dos passantes, o padre trotava impune entre dois homens, próximo aos guardas do governador.

"Não me reconheceram. Como são imbecis! Um tolo dispara e eles me perdem. Vejam só!", pensava zombeteiro e disfarçado.

Era a hora do Ângelus. Os sinos repicavam monotonamente no arraial, mas Rolim persignou-se piedoso. Sabia que não estava em seus melhores dias e o convite à oração era propício a uma séria reflexão de seus atos e costumes: a hora do infortúnio, o início de perseguições e as ausências de parentes e amigos.

Traçou novamente o sinal da cruz, agora no peito, empertigou-se na sela e seguiu com cabeça erguida os outros cavaleiros, amigos e parentes solidários à sua condição de foragido e acusado de alta traição à Coroa: lesa-majestade.

SÃO JOÃO DEL REY, JUNHO DE 1789

Ana entrou no quarto de Bárbara sem bater à porta e dirigiu-se às cortinas, abrindo-as rápida e barulhentamente.

– Vamos, irmã, levante-se! É hora!

Bárbara cobriu o rosto e fechou os olhos, dizendo:

– Me deixe! Quero ficar sozinha! Vamos?

Ana tinha as mãos à cintura e esboçava nos lábios alentador sorriso.

– Deixo não, Bárbara! Se não levantar logo me jogo aí como fazia quando pequena – ameaçou.

Bárbara cobria o rosto com as mãos. Retirou-as espantada.

– Não acredito que faria isso… – foi interrompida por Ana, que se jogou na cama e a abraçou.

– Me deixe! Deixe disso, Ana! – pedia.

– Eu não, gosto assim! – Ana beijava e abraçava fortemente a irmã.

Bárbara então cedeu e pôs-se a rir, sem graça:

– Que coisa, parece criança! Isso é coisa que se faça? Como pode? – falava rindo enquanto Ana seguia fazendo-lhe careta.

Fitaram-se por instantes e puseram-se a rir, satisfeitas, amigas.

– Eu te amo, minha irmã! – disse feliz, Ana.

– Eu também! Me dê aqui as suas mãos, querida! Fica aqui, ao meu lado! – pediu Bárbara.

Ana obedeceu contente. Queria muito ver de novo a irmã sorrir, iluminar com o seu sorriso o belo rosto que possuía.

– Penso nele, sempre, sozinho em sua cela... – murmurou.

– Ele não está sozinho, tem os outros com ele, Bárbara. Todos sofrem juntos! – emendou a irmã.

Não houve resposta. Bárbara manteve-se pensativa, encostada à parede, Ana ao seu lado. A solidão cobriu ambas e a manhã ficou pequena, o esplendor não as acometeu. O silêncio cúmplice provocava o mal-estar. Que fazer? Por onde começar? Tudo parecia perdido, mas as lembranças de Bárbara não eram tristes, infelizes, muito pelo contrário, sabia quanto fora amada e respeitada.

– Coitado... Coitado do José, sozinho naquele lugar frio, no meio do mar, humilhado por homens desconhecidos... – falou com voz lúgubre, alheia, sem parecer perceber que a irmã estava ao seu lado.

– Não, não, minha irmã. Não pense assim. Inácio está bem! Chegam cartas, todos nós sabemos que está amparado, protegido!

Bárbara estirou mecanicamente a mão esquerda, que estava ao lado de Ana, e solicitou:

– Toque-a, Ana, toque-a!

Ana obedeceu, prontamente.

– Tocando em minha mão, ele me toca, Ana!

O gesto foi compreendido pela irmã, que segurou a mão da outra com firmeza.

Dos olhos grandes de Bárbara escorreram lágrimas, e era a primeira vez que Ana presenciava o sentimento do casal.

– Como pode estar bem um homem tão sensível quanto José? Coitado! Um poeta de sensíveis sentimentos... Homem de natureza delicada e agora em vexames e abusos na ilha das Cobras! Se permitissem, eu ficaria em seu lugar. Ele não vai resistir por muito tempo! De todos os prisioneiros, ele é o mais desgraçado! Sinto que sente muito a minha falta – disse, e um estertor oco, grave rompeu sua garganta. Então, não se aguentando mais, jogou-se convulsivamente na cama numa extrema condição de miserável.

– Acalme-se, Bárbara! Acalme-se, porque Ifigênia e mamãe podem ouvir! Acalme-se, anda! – pedia, assustada, Ana.

Bárbara aquietou-se. Compreendeu que seu estado frenético poderia mais prejudicar que ajudar.

– Me perdoe, Ana! Pode ir? Me deixe sozinha!

– Não! Nada disso, ficarei aqui, ao teu lado nesta manhã! – disse Ana, enfática e resoluta.

A outra sorriu, sem graça. Passou a mão no rosto da irmã e consentiu com um belo e cativante sorriso.

– Você é um bem, minha irmã!

– E o que você é para mim?

– O que sou?

– Um tesouro! Um baú de carinho e felicidade!

E olharam juntas, como se tivessem combinado, a paisagem do terreiro dos fundos da casa. As robustas árvores sacudiam suas copas frondosas pelas intermitentes rajadas de vento.

– Vá, vento! Vá e transmita ao meu amado minhas palavras de saudações, carinho e amor! Me escute, Inácio. Me escuta que sinto tua falta e morro por ti, em amor! Querido meu, amado de meu coração! – suspirou Bárbara, a sofrida mulher.

VILA RICA, 4 DE JULHO DE 1789

A manhã ainda era fresca. Os armazéns e as lojas da praça ainda estavam com as portas fechadas e a cerração ofuscava os passos vacilantes de Tomás Gonzaga enquanto descia a ladeira em corrida vertiginosa, seguido por alguns homens. Corrida angustiante que poucas pessoas observavam espantadas.

Ele descia aos tropeços e em passos largos rumo à casa de Cláudio Manuel. Corria, mas o coração descompassado já pressentia algo ruim, e de dentro, de seu mais íntimo, não deixava irromper o rouco grito que lhe partia a alma.

Quando divisou a casa, viu, entre os circunstantes e curiosos que se aglomeravam defronte, o amigo, padre Toledo, que apressou-se em vir ao seu encontro.

– Não vá! Não entre! Tomás, para! – pediu Toledo.

Tomás olhava-o espantado, com os olhos arregalados e a boca trêmula, aberta.

– Quê?! O que aconteceu com o Cláudio? – falou com a voz forte, quase um grito.

– Não, meu filho. Permaneça, aqui, comigo! – Padre Toledo tentou abraçá-lo, mas Tomás se desvencilhou e recuou ao muro:

– Não! – gritou Tomás e deu-se dois tapas na cara. – Não! Ele não! Foram eles! Mataram-no! – gritou.

O padre empurrou-o forte ao encontro do muro.

– Cale-se, homem! Que quer? Cale-se!

Com os olhos vidrados, chorando, Tomás partiu em corrida desatinada ao interior da casa.

– Onde? Onde? Onde está? – gritava.

Então foi ao encontro do pequeno grupo que estava à direita do pé da longa escadaria, , num pequeno cômodo, e viu o corpo do amigo Cláudio Manuel da Costa caído, inerte, de lado, tombado com a cabeça voltada à parede.

Avançou com passos lentos, sofrido, e um gemido longo e baixo se ouviu. Era um soluço desolador, sem esperança. Tomás curvou-se sobre Cláudio, tocando com os dedos no rosto frio, sem vida.

– Ah! Ah! Meu amigo, eu não estive aqui para te proteger! Tu não tiraste a tua vida! Foram eles! – chorava e gemia agarrado ao outro.

– Chega! Basta! Vamos daqui! Nos procuram e seremos presos aqui! – falou padre Toledo.

– Deixa-me! Não! Me deixe aqui, com ele!

Mas o padre ergueu-o e o retirou à força da casa. A amargura era tamanha que Tomás deixou-se levar.

O corpo inerme do poeta e advogado ficou lá, caído, sem jeito. Era um homem de sessenta anos, solitário, sem ninguém para lamentá-lo profundamente; somente curiosos e conhecidos. Homem da lei e das letras, preso à solidão. Ali, morto, tido como suicida, morte suspeita.

Os sinos, contudo, das igrejas de São Francisco de Paula e Matriz da Conceição dobraram seguidamente por ele. Mas como? Não se dobram sinos para suicidas!

Tomás Gonzaga subiu a ladeira amparado em Toledo. Parava, lamentava. Irreconhecível, ele que era considerado frio e arrogante, mas também era poeta, amigo das letras de Alvarenga e Cláudio. Eles cantaram em versos as colinas mineiras e os campos floridos das Minas Gerais.

Subiu a ladeira e caminhou como se fosse sua pena e castigo.

ONZE

FORTALEZA DA ILHA DAS COBRAS, AGOSTO DE 1789

Penumbra intensa, nesga de luzes; raios solares que penetravam com dificuldade o ambiente. A luz fraca da lamparina parecia não impacientar os dois homens que escreviam em silêncio, sentados no chão.

Inácio de Alvarenga e Tomás Gonzaga mantinham na ala o silêncio e evitavam falar. A tensão era demasiada e Alvarenga era quem mais sofria. Como suportar sem grande sofrimento a ausência de Bárbara e dos filhos? Parecia sucumbir sob o peso da medonha saudade.

A chegada de Tomás Gonzaga à fortaleza trouxe-lhe alívio e expectativa boa, aumentou-lhe a esperança.

– Bem, ao menos o rei dos franceses e aquela austríaca foram presos e a bastilha caiu! Estamos aqui, mas temos boas notícias em outros lugares – falou Tomás.

– Você não esquece a austríaca Maria Antonieta. Por quê?

– Ora, por quê? Mulher cheia de si que prejudicou demais a França! Odiava os pobres!

– E você os ama?

– Quê?! O que você tem, Alvarenga?

O outro calou-se. Aquietou-se próximo à janela e deixou os olhos correrem pelas águas da baía.

– Estou escrevendo versos para Maria. Quer ler?

Alvarenga voltou-se animado.

– Claro! Não sabia... Como serão? Tratará de quê, Tomás?

Ainda olhava a baía; os olhos alongando-se o quanto podiam através da janela tão pequena e o cruzamento das grossas grades. Olhava e pensava; recordava os últimos momentos ao lado da menina que fazia seu coração bater mais rápido. Fechou os olhos e viu: corriam de mãos dadas por um campo, ela puxando-o pela mão, risonha, feliz, e ele deixando-se puxar, extasiado, fora de si. Ambos num contentamento amoroso contido. Ao longe os escravos vigiando, mas era tudo aquele momento.

Então ela se jogou na grama, rindo; que sorriso encantador, e Tomás caiu por cima dela, delicadamente.

– Gosto de você, Maria Doroteia – disse num ímpeto apaixonado.

A mocinha tocou-lhe com o dedo os lábios, dizendo:

– Também gosto de você, Tomás.

Alvarenga tocou-lhe o ombro, despertando-lhe da recordação.

– Tomás!

– Hã? Sim? Então? – Seus olhos estavam molhados de lágrimas.

– Chore. Chore quanto pode, meu amigo – incentivou Alvarenga.

Tomás Gonzaga fez-se duro. Cerrou as sobrancelhas, crispou os lábios, mas as lágrimas escorreram abundantes pela face. Alvarenga olhou-o firme. Avançar, abraçar, socorrer o amigo ou deixá-lo ali, sozinho, em sua dor? Deu alguns passos, mas Tomás ergueu a mão direita.

– Pare! Fique onde está! Estou bem... – disse o poeta, mas não conseguiu conter um soluço rouco, profundo, que lhe rompeu da garganta. Depois, foi ao chão, lentamente, com as mãos cobrindo o rosto.

– Me deixe! Me deixe, Alvarenga! – pedia, desconsolado, num gemido aflito.

Alvarenga abraçou-o fortemente, confortando-o, mas também chorava. Ambos estavam desgraçados.

Quando finalmente Tomás pôde pronunciar algumas palavras, já haviam passado dois dias desde o ataque de nervos.

– Me perdoe o vexame, Alvarenga – disse em pé, diante do leito do outro.

Alvarenga retirou o braço que tinha sobre o rosto sorrindo.

– Mas o que é isso? Vexame? Nada disso! Amar e se saber amado não é vergonha. Você sentiu saudade e ama Maria Doroteia como amo minha Bárbara!

– É, isso mesmo. Somos dois bobos que nutrem amor – disse friamente.

– Não penso que sou bobo. Estar na prisão não significa que os meus melhores sentimentos se degradaram – replicou confiante Alvarenga.

– Sim, pode ser, meu caro – retrucou, triste, Tomás.

Alvarenga sentou-se prontamente.

– O que você tem, meu amigo?

– Não sei... Creio que, em vez de falar em amor, gostaria que Maria aqui estivesse ao meu lado.

– Pois bem, isso é impossível!

Eram as primeiras horas do dia, mais um longo dia na fortaleza, preparação constante de tantos outros dias que passariam na ilha das Cobras.

– E o poema que está compondo? Me fale dele, pode ser?

Tomás animou-se, o outro queria saber, então explicou que o vaqueiro Dirceu tinha em Marília delicado olhar, queria lembrá-la da pobreza extrema, mas tudo se arranjaria quando finalmente estivessem juntos, pois não era um comum vaqueiro, mas trabalhador, interessado, e o poeta recitou as estrofes idílicas ao outro poeta:

> Eu, Marília, não sou algum vaqueiro,
> Que viva de guardar alheio gado;
> De tosco trato, d'expressões grosseiro,
> Dos frios gelos, e dos sóis queimado.
> Tenho próprio casal, e nele assisto;
> Dá-me vinho, legume, fruta, azeite;
> [...]
> Marília, escuta
> Um triste Pastor.
> Se vinha da herdade,
> Trazia dos ninhos
> As aves nascidas,
> Abrindo os biquinhos
> De fome ou temor.

Leve contração trouxe novo aspecto ao rosto entristecido de Tomás. Subitamente suas faces tomaram cor, os olhos dilataram-se, a boca ficou entreaberta e se empertigou.

– Sim, é um poema em que pretendo exaltar meu amor pela Maria, além de cantar os encantos das Minas Gerais.

– Fala mais!

– O pastor será Dirceu e Maria, minha noiva, será a camponesa Marília.

– Uma história de Marília de Dirceu, não é assim? – quis saber Alvarenga.

– Sim, assim mesmo. Como o poeta Horácio, o campo, a alegria na pobreza, nas coisas simples. O bem no equilíbrio da vida simples, como aproveitar o dia, *carpe diem*! – completou Tomás.

Alvarenga olhava enlevado o amigo.

– Que foi? Por que me olha assim? Que foi?

– Você vai compor uma bela história bucólica, ambientada na vida rural, longe da cidade, contra o mal da vida urbana... sobre as colinas mineiras, nossa existência. Você, na verdade, está preservando nossa vida, como poetas! – terminou Alvarenga e passou o braço nos olhos marejados de lágrimas.

Tomás ergueu-se e encaminhou-se em direção ao outro. Enlaçou-o pela cintura com os braços, olhando-o fixamente nos olhos. Em seguida, beijou os dois lados da face do amigo, dizendo:

– Somos uns bobos, Alvarenga! Uns bobos, apaixonados! – disse com voz embargada pela emoção.

– Você me deu inspiração. Você é um bem, meu caro Tomás! – E desvencilhou- dos braços do outro indo sentar-se à cama, procurando a pena para escrever.

– Sim, escrever... os versos, o poema, só isso o que nos resta e não nos deixa enlouquecer – confiou Tomás.

Alvarenga olhou-o sorrindo. Estava, por instantes, feliz.

SÃO GONÇALO DO SAPUCAÍ, SETEMBRO DE 1789

Um grito. Um gemido abafado. Um grito mais forte na noite profunda. Bárbara contorcia-se agitada na cama. Ana subia apressadamente pela escadaria, mas quem chegou primeiro ao quarto foi Maria Ifigênia.

A menina destrancou a porta jogando o corpo contra a madeira. Quando entrou, a mãe estava sentada, chorando convulsivamente, assustada com o pesadelo e com o estrondo provocado pela abertura da porta.

Ana entrou acompanhada de José Eleutério que, nervoso, ficou parado, trêmulo, à porta.

– Bárbara! Outro pesadelo, querida? – perguntou a irmã, indo-lhe ao encontro, acariciando-lhe as faces.

– Sim, Ana. Não aguento mais!

– Mamãe, deve chamar um padre. Todos os dias a senhora grita à noite e nos assusta – falou Ifigênia.

Bárbara olhou-a, compreensiva.

– Sim, pela manhã tomarei providências – falou, decidida. – Vamos agora, acabou! Venha cá, José, fique comigo! – chamou.

O menino não se adiantou. Ficou com cara de choro onde estava.

– Mamãe, deixa o José comigo, sim? Ele vai ficar bem, mamãe – Ifigênia então pegou a mão do irmão e os dois se retiraram do quarto.

Ana, então, falou enérgica:

– O que é isso, minha irmã? Ora, vamos, você é forte! Basta disso, Bárbara.

– É involuntário, Ana. Algo que me toma. Meus sonhos são como a realidade. Vejo Alvarenga morto, na cela, sozinho, desamparado!

– Mas ele está vivo e com os outros; sabemos até que divide a cela com Tomás Gonzaga. Você deve sossegar, acalmar-se. Todos nós estamos sofrendo juntos, minha irmã!

Bárbara apoiou a cabeça no ombro da irmã.

– Que fazer? Me sinto impotente, fraca, Ana.

– Pois não se sinta! Você é forte, muito forte, Bárbara!

– ... subitamente me vi ao lado dele; estava morrendo, agonizando, sozinho. Então estendi-lhe a mão. Ele tentou pegar, também estendeu, mas não conseguiu levantá-la, estava no chão, no chão gelado, magro, com fome, soluçando e murmurava meu nome: Bárbara... Bárbara... Minha... Não me deixa aqui... Sozinho! Bárbara, querida! ... – Ana interrompeu a irmã tapando-lhe a boca com a mão.

– Chega! Basta, irmã. Vamos dormir. Eu fico com você aqui. – Confortava Ana enquanto ajeitava os travesseiros.

Bárbara sossegou por fim e logo adormeceu, obediente, confiando na presença de Ana.

"Mais um pouco e Bárbara enlouquece. Não posso deixar que isso aconteça. Buscarei o padre Jacinto e pedirei para mamãe ficar por aqui um tempo comigo. Ela precisa de casa cheia, gente, distração! Sim, darei um jeito nas coisas, minha irmã não enlouquecerá!", pensava Ana, com os olhos arregalados, assustada, enquanto ao longe o canto incessante dos galos anunciava o fim da madrugada.

Depois da prisão de Inácio de Alvarenga, Bárbara retirou-se definitivamente de São João del Rey. Não poderia continuar tranquila sendo observada e apontada pelos vizinhos e conhecidos. Sua família ficou marcada pelo infortúnio e de disse que disse: a fofoca, o fuxico, o boato e os dizeres avolumavam-se pelas praças, ruelas e pelos átrios das igrejas. Por isso um dia Bárbara reuniu a família, os escravos e alguns conhecidos e comunicou sua decisão:

– Vou para São Gonçalo. Lá terei melhores dias. Aqui estou como quem importuna, sinto-me sempre vigiada, incomodada.

A comunicação foi dada depois de um almoço familiar, no domingo, quando a maioria dos irmãos e parentes estava presente.

Dona Josefa chorava ao lado de Ana.

– Filha, sei o que você está passando, mas não importuna a gente. Você é minha filha! – asseverou a mãe.

– Sim, mamãe. Nenhum dos meus estão fugindo de mim...

– Então, por que ir embora? – perguntou o pai.

– Porque a polícia deixará de vigiar a casa; os vizinhos ficarão mais calmos. Mãe, José foi preso por crime de lesa-majestade, portanto indiretamente também somos culpados. – disse Bárbara extremamente aflita, torcendo as mãos.

Ana avançou por entre os outros irmãos silenciosos. Ninguém ousava falar. Então Bené soltou um grito.

– Senhora! Minha senhora Bárbara, deixa-me ir com a sinhá?!

– Também eu, senhora! – ajuntou Toinho.

Em poucas semanas, móveis, pratarias e outros utensílios seguiram em mulas e carros de bois o caminho de Sapucaí.

DOZE

LISBOA, REAL PAÇO DE NOSSA SENHORA DA AJUDA, OUTUBRO DE 1789

A porta do quarto real abriu-se violentamente, e a rainha saiu descalça usando apenas roupas íntimas pelo corredor. Falava e gesticulava, nervosa, enquanto as damas tentavam reconduzi-la ao recinto.

– São os meus pecados! Meus pecados! – gritava, furiosa.

Eram os acontecimentos de julho na França, quando eclodiu a revolução que destituiu do poder o rei Luiz XVI e o prendeu junto a Maria Antonieta e os filhos. Coisa única, incomum. Desde a instituição do terror, a saúde mental de Maria I declinava abertamente.

Atormentada pela sorte dos nobres franceses, acolheu-os na corte, mas desesperava-se, pois pensava que em Portugal sucederia o mesmo que na França.

Seus pesadelos e delírios durante a madrugada afligiam as damas e os criados do palácio. Poucos aguentavam as investidas súbitas e medonhas da rainha enfurecida.

Enquanto a reconduziam em pleno estado delirante, o filho, príncipe João, surgiu e a acompanhou ao quarto.

– Não, vamos!

– João, João, eu vi teu pai e teu irmão querido de novo – disse, patética.

Ele a pegou pela mão e calmamente começou a conduzi-la.

– Você entende, filho? Eles não morreram! – a rainha gritou.

– Sim, mamãe, eles não morreram – cedeu o príncipe, que continuou: – É, eles estão lá no quarto, querem vê-la durante o sono.

A mulher olhou o filho e sorriu.

– Ah! Quero ver de novo meu querido menino! Por que ele me deixou? Por que Deus tinha que levar o querido José? Ah! Que tristeza... – lamentava em voz sofrida.

João sofria com as palavras. Na verdade seus irmãos morriam um depois do outro. O pai, D. Pedro III e o herdeiro, José, duque de Bragança, faleceram em 1788. Mariana Vitória, casada com o Infante de Espanha, Gabriel Antônio, também havia morrido naquele ano.

A noite rondava a corte, e a sanidade da rainha debilitava-se a olhos vistos.

– Vamos, mamãe, entre em seu quarto – pedia João.

– Entrarei, filho, entrarei! Olha! Olha, eles estão ali, perto de minha cama! Ah! Pedro, querido, como está? Por que não vem mais me ver, falar comigo? Por quê? O que houve, meu querido, não gosta mais de mim? – falava a rainha com o rei falecido como se ele ali estivesse.

– Saiam! Saiam todos! Quero ficar a sós com a rainha! Agora! – ordenou o príncipe.

– Mas, senhor? – interrompeu uma dama.

– Saiam! Já ordenei! – exigiu João.

Então, quando se viu sozinho com a rainha, que dançava com o marido e falava com José, o filho predileto, que também já falecera, o príncipe João abraçou a mãe; um abraço forte, terno.

– Quê?! Quê, filho?

– Mamãe, só fique quieta! Mamãezinha! – E nada mais falou, encaminhando-se para a cama.

A rainha sossegou. Aquietou-se e se deixou abraçar pelo filho.

SÃO GONÇALO DO SAPUCAÍ, JANEIRO DE 1790

Em pé, diante do desembargador Luís Ferreira de Araújo e Silva, Bárbara Heliodora mantinha-se firme, ereta, olhando-o nos olhos, sem pestanejar.

– Senhor, sei que as autoridades portuguesas consideravam a mim e aos meus filhos, também filhos de Inácio José, como infames, mas preciso viver e garantir os bens deles! – disse convicta.

– Sim, senhora, por isso estou aqui – disse prontamente o homem, com voz segura.

A mulher mais bela da província, aquela que fora desejada pelos mais nobres homens de boas terras, estava meio encurvada. Os fartos cabelos negros, que lhe desciam pelas costas, eram clareados por uma mecha branca que ficava por sobre o olho esquerdo, dando-lhe ainda um ar grave, respeitoso, suavizando seus traços maduros.

– Que tenho como garantia, senhor Luís? – preocupou-se.

A Coroa aproveitava sempre os momentos de infortúnios e problemas financeiros de famílias abastadas para usurpar bens, propriedades ou somas vultosas em dinheiro. A desgraça pública de nobres era a exposição certa daquilo que viria em seguida: decadência, ruína ou descrédito total por parte da sociedade.

Bárbara não podia permitir que sua riqueza se acabasse, trazendo miséria para os seus herdeiros.

– Que tenho e o que posso fazer, senhor Luís? – perguntou mais uma vez.

O homem andava pela sala. Bárbara, sentada ao lado da mãe e da irmã Ana, olhava-o atenta, mas nervosa.

"Nunca pensei que passaria por isso, mas agora não tenho mais medo. Tudo aconteceu. Meu bem está preso, e há mais de dois meses que não tenho notícias. Sei que está vivo, mas sobre sua saúde, sobre como anda sua vida, nada! Que Deus proteja a mim e aos meus filhos nesses tempos difíceis que suporto, eu e minha família... Coitados de papai e mamãe... Coitados de meus irmãos, que sofrem ameaças e a vergonha por causa de mim e do Alvarenga!", pensava enquanto observava o advogado à sua frente, com as mãos às costas, tranquilo, impassível, como se trouxesse as melhores e alvissareiras novidades. Advogado!

– Bem, Bárbara, o doutor José de Alvarenga meteu-se em muitos negócios fadados ao fracasso. Temos aquele canal de cerca de trinta quilômetros, que queria usar para chegar às melhores minas de ouro do arraial e também para a irrigação das terras.

– Sim?

– O gasto ali foi excessivo, um despropósito, e não atendeu às expectativas. Ele não foi bem aconselhado, senhora.

– E então?

– Assim, entre outros instrumentos de falência, como atrasos de impostos e multas, a senhora e os seus filhos não perderam muito, porque a fortuna do doutor era farta e também bem administrada, como podemos perceber nos bens que restaram.

– Quais bens? Que me restou de meu marido preso?

– A lista é longa: fazendas de muito valor, como as Fazendas da Boa Vista, Santa Rufina, do Paraopeba. O Engenho dos Pinheiros, com as suas terras férteis e águas minerais. Há em baús joias e roupas de grande valor – terminou o desembargador e olhou firme para Bárbara.

– Ah! Hum… Então não estou tão mal! – exclamou a mulher satisfeita.

– Espere. Minha senhora, tua isenção em relação ao doutor é relativa. Devemos nos preocupar com a mão forte da Coroa, que busca a todos arruinar quando o crime é lesa-majestade.

– Posso ainda ser presa?

– Não, mas sua fortuna pode minguar e você se tornar uma miserável pedinte – falou claramente o advogado.

– Que fazer, então?

– Nada. A Coroa está confiscando os bens dos acusados como castigo às famílias dos relacionados ao crime. Muitos já presenciaram o mal a partir dos levantamentos e tomadas de bens – confiou o advogado.

– Passarei pelo mesmo? – perguntou intrigada.

– Creio que não, porque ainda não se apossaram, mas no futuro podemos barrá-los – falou confiante.

– Como, doutor? – perguntou apreensiva.

– A senhora venderá seus bens ao seu filho, José Eleutério, e se criará um ambiente favorável de que está demente, ou seja, com problemas mentais – explicou reticente o desembargador, sem fitá-la.

– Mas…? Só assim? – intrometeu-se Ana.

– É o meio mais forte e certo para que a Coroa não retire os bens da senhora – confirmou o desembargador.

D. Josefa levantou-se angustiada fazendo gestos com as mãos, mas nada falou.

Ana continuou sentada e nada falou também, então o silêncio convidou Bárbara.

– Se assim é, então assim será: no momento certo passarei todos os meus bens a Eleutério – disse e segurou as mãos da irmã.

Todos calaram-se, pensativos. D. Josefa, em pé, encaminhou-se à família. O desembargador sentou-se, pôs a mão no queixo e voltou-se para as irmãs.

"Que desgraça se tornou a vida desta mulher. Quem diria que a bela Bárbara sofreria tudo isto", pensava o advogado da família.

Acima de todos, com o olhar severo, Bárbara refletia tanto sobre sua situação doméstica quanto sobre sua condição de mulher de um criminoso. Sua respiração, porém, voltou à normalidade; minutos antes estava ofegante, agora tranquila, paciente.

LISBOA, REAL PAÇO DE NOSSA SENHORA DA AJUDA, DEZEMBRO DE 1791

O frio enregelante afligia os membros já inquietos da corte da rainha. D. Maria I não saía mais de seu quarto sem a companhia das damas. Permanecia calada, totalmente inerte até surgir uma das mulheres de seus serviços. Então punha-se a tagarelar e gesticular com tal veemência que todos à sua volta se tornavam irritadiços.

Era antevéspera do Natal, e D. João dirigiu-se ao quarto da mãe. Desconfiada, a rainha inquietou-se.

– O que queres? Repara em como faz frio!

– Devo tratar com a senhora um assunto grave – disse o príncipe com cautela.

– É aquele assunto da Colônia? Sobre os homens das Minas Gerais? – indagou, curiosa.

D. João surpreendeu-se com a lucidez da mãe. Ela se mostrou ciente dos fatos. Prosseguiu:

– Sim, mãe. Eles foram julgados e condenados, mas precisamos tomar uma decisão – preocupou-se o príncipe.

– Eu preciso! Eu! Somente eu! – falou alto a rainha e, com um gesto, indicou às damas que se retirassem de seu quarto. – Qual foi a condenação? – disse levantando-se da cama abruptamente.

– Foram condenados à morte!

A mulher estacou em meio ao quarto. Pôs as mãos no peito, nervosa. Uns toques quase imperceptíveis acometiam-lhe a cabeça, que em seguida meneava em movimentos que iam da esquerda para a direita.

– Não! Não quero isso!

– Como não, mãe? A justiça determinou – ponderou D. João.

– A justiça sou eu e o reino também! – falou com firmeza aquela que era tida como demente.

– Sim! Sim, mãe. Então que faremos?

– Quero todos vivos, mas fora do Brasil! – determinou.

– Todos, então?

A mulher encurvou-se como uma ave de rapina, parecia um abutre. Seus passos lentos e a voz pesada encheram o recinto.

– Não, todos não. Aquele pé-sujo, o tal Joaquim Xavier, deve ser morto, ter seu corpo esquartejado e sua cabeça espetada em local público, visível na cidade...

– ...de Vila Rica – ajuntou D. João.

– Ele será nosso exemplo. Ele era o mais entusiasmado, então servirá como modelo bom, entende-me? – terminou e retornou à cama, pensativa.

– Mas e com os outros? O que faremos?

A rainha estava em seu pior aspecto. Acometida por violentos e constantes pesadelos, ora inquietava-se por saber que não dormiria, ora adormecia subitamente e era surpreendida pelos seus medos, então não dormia, acossada pela insônia.

Os fantasmas e visões infernais ou demoníacas povoavam seu quarto. Gritava o nome de Jesus e da Virgem, mas não se sentia protegida. Assim, desvairada, corria pelos corredores amedrontando e assustando criados e parentes.

– Bem... Aos outros acho que serve o degredo, o desterro como exemplo, não é mesmo? – falou e sentou-se ao lado filho.

– Sim, a África, em nossas Colônias, Moçambique ou Angola – confirmou o príncipe.

– Todos, sem exceção, meu filho! Esta corja nos queria mortos como na França! Estão matando nobres, pessoas da corte e Maria Antonieta, coitada, presa sob as maldades de gente impiedosa! Valha-me Deus! – gritava angustiada.

– Acalme-se, mamãe. Por aqui tudo anda bem, acalme-se, sim? – confortava-a D. João.

– Ah! Minha cabeça não é mais a mesma, João. Não é mais! Você deve fazer alguma coisa. Não me aguento mais! Que vida, filho! Eu fui tão ativa, tão cheia de ideias boas, mas agora – pôs-se a chorar –, agora só tenho saudades e tristezas...

– Quais, mamãe? Fale-me disso – pedia João, que sabia do sofrimento intenso da mãe pelas perdas do pai e do irmão, o príncipe herdeiro, D. José.

– Não me aguento em dor e tristezas pelo meu querido José! Cadê o meu querido? Quem me tirou ele? – E chorava, enquanto João aconchegava-lhe a cabeça em seu peito, afagando-a carinhosamente.

– Fique calma, mamãe!

– Mesmo em dor, filho, não posso deixar de dizer que fui misericordiosa com esses criminosos. Uma rainha traída pelos seus melhores homens, até padres metidos nessa encrenca. Como puderam fazer isso? Pensar assim? Terão o que merecem! Faça saber os conselheiros da corte que quero a cabeça do pé-sujo, quero sua cabeça espetada em praça, mas aos outros pouparei a vida, desde que sejam enviados à África o quanto antes! – falou enérgica.

D. Maria I não continuaria por muito mais tempo no poder. A instabilidade mental se tornou tão frequente que foi obrigada a aceitar que o filho tomasse conta dos assuntos do reino.

Então principiou o reinado de D. João VI.

TREZE

ILHA DAS COBRAS, NOITE DE 18 DE ABRIL DE 1792

No grande salão estavam os homens. O silêncio contido era interrompido pelo soluço involuntário ou o gemido a contragosto. Aqueles homens fortes e cheios de ideais estavam em frangalhos depois de três anos de aprisionamento.

Reunidos ali após a leitura da sentença, estavam compartilhando a sorte. Seriam executados, foram condenados à morte.

No grupo de Alvarenga Peixoto estavam Tomás Gonzaga e o médico Domingos Vidal. Falavam pouco, com vozes entrecortadas pela emoção.

– Nem posso pedir que olhem pela minha família, todos nós morreremos! – falou Domingos.

– Miseráveis! Por que nos tirar a vida, ora? – acrescentou Tomás.

– Somos considerados criminosos terríveis, Tomás. Não podemos mais estar em sociedade – justificou Domingos.

– Eu, por mim, só lamento não ver mais Bárbara e meus filhos. Morto já estou faz tempo – confiou Alvarenga.

Domingos aproximou-se mais.

– Inácio, não se deixe abater! Ainda é noite, mas tudo pode mudar. Temos pessoas influentes que nos querem bem e estão lutando por nós – confortou Domingos.

– Somente a rainha agora nos pode valer – falou, cético, Tomás.

Alheio, com o olhar distante e já demasiadamente magro, Alvarenga retrucou:

– Que importa se serei executado ou não? Para todo efeito, jamais voltarei a ver minha Bárbara, os meus filhos! – lamentou e pôs-se a chorar convulsivamente o sensível poeta.

Tomás Gonzaga aproximou-se, abraçou-o e lhe disse aos ouvidos:

– Amigo! Meu amigo, sossegue! Estes também estão sofrendo. Você vai provocar um grito de dor, rapaz. Sossegue, venha para cá e me fale, a mim, sim? – falava Tomás e, abraçado ao outro, distanciava-se dos demais grupos.

– Quero morrer, Tomás! Deixe-me em paz! Por que sempre está a me proteger? Deixe-me! – pedia e tentava desvencilhar-se dos braços do amigo.

– Pare! – gritou Tomás. – Que é? Ficou bobo! Se morreremos, então que seja com dignidade! Não quero ver o seu desespero, porque estou ao seu lado há muito tempo. Somos amigos, e eu não deixarei a vergonha cobrir a sua cara, nem a minha – disse convicto o magistrado.

Inácio de Alvarenga finalmente se acalmou, mas estava tão abalado emocionalmente que permaneceu por instantes abraçado ao amigo.

Tomás olhava através da penumbra do longo corredor da prisão. As paredes geladas e os sussurros dos outros homens aflitos fizeram-lhe deixar correr pela face lágrimas de ódio, contida a raiva da impotência.

ILHA DAS COBRAS, MANHÃ DO DIA 19 DE ABRIL DE 1792

Gritos e uma contagiante alegria atravessaram as largas paredes da fortaleza. A notícia feliz de que a rainha fora clemente e, em carta, perdoou a todos. Não seriam enforcados, decapitados e esquartejados, mas degredados para a África.

A notícia surpreendeu deveras, porque a noite anterior tinha sido mergulhada em angústias e grandes aflições. Homens perambulavam pelas celas, desconsolados, outros gemiam, gritavam e batiam a cabeça na parede, amaldiçoando sua sorte, gritando a Deus por misericórdia.

Alvarenga e Tomás, embora não tivessem dormido, permaneceram deitados, olhos fixos no teto, vigiando um ao outro, temerosos de atitudes extremas contra a vida.

Com os primeiros raios de sol, nesgas fugidias que penetravam no ambiente, veio a notícia alvissareira, se assim se pode acreditar: não seriam executados, mas deveriam se submeter ao degredo.

Mas a alegria durou pouco, quando souberam que haveria uma execução. Uma única execução: o alferes Joaquim José da Silva Xavier, de alcunha Tiradentes, que assumiu durante os interrogatórios a responsabilidade do movimento, seria enforcado; seu corpo, esquartejado, a cabeça, cortada e exibida no centro de Vila Rica.

– Isto é monstruoso! Que crueldade! – exclamou Alvarenga, fora de si.

– Assim é a vida – disse friamente Tomás.

– Como? A vida, Tomás? Não era para ser assim. Ele assumiu por nós. Covardia! – comentou Alvarenga.

– Que fazer? Era também um exaltado.

Alvarenga levantou-se e encaminhou-se ao outro em passos lentos, aborrecido.

– Tomás, sei que você não gostava dele, era um perrengue aturar vocês dois discutindo, mas o José foi notável em modelo de dedicação à nossa causa…

– E daí?

– E daí que somos todos agora uns desgraçados, mas ele serviu como o melhor exemplo! – gritou Alvarenga.

Tomás ergueu-se e pôs-se cara a cara com o outro.

– Acalme-se, Alvarenga. Sinto muito pelas minhas palavras. Não pretendia ser tão infame. Perdoe-me – falou Tomás, compreensivo.

– Não me toque, Tomás. Bem sei o quanto você é cínico e covarde com quem não lhe agrada! – disse Alvarenga ainda junto do outro.

– Você!

– Chega! Basta! Um dos nossos morrerá de maneira ignominiosa depois de amanhã, e você fala como se fosse algo banal!

– Homem! Que é isso? Me perdoe as palavras – pediu, com voz firme, Tomás.

Alvarenga dirigiu-se ao seu leito e soltou um soluço:

– Só sei chorar! Que vida! Como não chorar, lastimar a existência depois de tamanhas desgraças? Como rir ou se alegrar por ver os amigos se separarem por cada lugar da África, para sempre, longe dos parentes, da mulher e dos filhos? – falou com uma dor profunda na voz.

Tomás encaminhou-se ao outro, ajoelhou-se ao seu lado e disse:

– Amigo, meu fim é Moçambique. E o seu?

– Ambaca, em Angola.

– Quero escrever antes de embarcar, e você? – perguntou Tomás.

– Escreverei uma carta à Bárbara – retrucou Alvarenga.

– Não temos muito tempo, o sol está fraco, parece que vai chover logo, logo.

– Sim, o tempo mudou, parece nublado. Mas me esforçarei para terminar a carta para minha Bárbara! – falou, animado, Alvarenga.

Eu terminarei logo os versos do poema "Marília" – disse, com acento de satisfação, Tomás. E prosseguiu recitando com voz baixa para Alvarenga um novo trecho, que evocava a condição triste que ambos viviam:

Parto, enfim, e vou sem ver-te,
que neste fatal instante
há de ser o teu semblante
mui funesto aos olhos meus.
Ah! não posso, não, não posso
dizer-te, meu bem, adeus!

Alvarenga ergueu-se e foi ao encontro de Tomás.

– Levante-se! Vamos, levante-se, Tomás!

– O que foi? Que fiz, Alvarenga? – perguntou assustado, Tomás.

– Preciso te abraçar fortemente, porque vamos logo nos separar e jamais nos veremos de novo – falou Alvarenga com os braços abertos.

– . . . ?

– Vamos, Tomás. Precisa ter coragem para se despedir dos amigos!

–. . . Não sei. . . Como será isso?

Ergueu-se de um pulo e abraçou o outro, ambos comovidos.

– Lamento e sinto muito pelo pobre Joaquim José – disse Alvarenga.

– Realmente uma covardia e injustiça!

– E se nós também pedíssemos a morte? Ele não merece pagar sozinho pelo que todos nós fizemos – falou Alvarenga, exaltado.

Tomás afastou-se, meneando a cabeça, triste, um tanto desconcertado com a verdade dita na cara.

– Bem, meu querido. Não terei coragem para tanto, porque não desejo a morte.

Alvarenga olhou-o com ternura.

– Esqueça, Tomás. Eu me empolgo demais.

– Não, não, querido. Você é verdadeiro, terno, amigo, um homem de fibra. Não há covardia em você! – elogiou Tomás.

– Eu não era assim, Tomás. Foi a mulher com quem casei que me tornou assim.

– Você, então, possui um tesouro, meu amigo.

– Sim, Bárbara é um encanto, um bem para minha alma – confessou Alvarenga.

Ambos silenciaram, retornaram aos seus leitos e principiaram a escrever.

– Ao menos nos restou a escrita. Ganhamos muito em escrever, não é mesmo? – disse Tomás.

– Sim! Que seria de mim se não soubesse ler e escrever?

Instantes depois estavam silenciosos, escrevendo.

"Minha amada Bárbara, como posso esquecer encantos tão formidáveis, a alegria de sua companhia, a sua voz macia, serena em meus ouvidos? O meu amor ainda não esmoreceu, e ainda nutro a esperança de revê-la! Minha amada Bárbara..."

Escrevia Alvarenga, com as lágrimas escorrendo pelas faces, com sentido e dolorido aperto no coração.

De seu canto, homem forte, Tomás observava o amigo, penalizado.

"Ele ao menos usufruiu da companhia da amada, de Bárbara, com ela conviveu, teve-a em seus braços, vieram-lhe os filhos, por isso sofre mais. Eu tive os beijos e abraços da Maria, mas daria um ano de minha vida para apertá-la em meus braços mais uma vez", pensava Tomás.

SÃO GONÇALO DO SAPUCAÍ, MAIO DE 1792

Ana subiu pulando de dois em dois os degraus da longa escadaria enquanto segurava a saia demasiado comprida.

O domingo, que deveria ser silencioso, alvoroçou-se com a agitação da mulher.

As crianças correram em seguida, e d. Josefa subiu ao quarto de Bárbara, preocupada.

– Será que as desgraças não acabarão mais nesta família? Que será dessa vez? – falava a velha senhora enquanto subia a escada.

Ana tinha nas mãos uma carta, que estendeu à irmã.

– Toma! É sua!

– De quem é?

– Dele, do José, Bárbara!

Bárbara apoiou-se nos cotovelos para se erguer, e seus olhos se abriram com um brilho novo.

Desde que soubera do degredo de Inácio José, ela se mantinha reclusa no quarto, ora deitada, ora olhando alheia a paisagem pela janela.

Não tinha mais vida social, contentava-se em permanecer em casa, longe dos salões e das festas. Acompanhava a mãe com certa relutância às celebrações e missas. Nada contente porque se sabia observada e apontada.

Aquela que fora uma beldade e na idade madura ainda encantava a todos com o seu charme, elegância e traços finos, agora se mostrava sem capricho ou luxo, de cara limpa e cabelos presos ao alto em um coque simples, nada provocador.

Seus pensamentos e gestos eram tão somente para Inácio José e os filhos. Afligia-se só em pensar que seus filhos não sobreviveriam à desgraça que se abateu à família.

– Para mim, Ana?

– Sim, querida.

– Ora, de quem? – divagava.

– É carta do Inácio José, Bárbara – falou, pacientemente, Ana.

D. Josefa assomou à porta e empurrou com o corpo os netos, que se avolumavam no recinto. Maria Ifigênia observava atenta a mãe.

– Ela está cansada, tia! – justificou a menina.

– Levante, Bárbara! Pegue a carta e leia! – disse d. Josefa com voz forte e aproximou-se da cama da filha.

Bárbara obedeceu prontamente. O torpor que lhe subjugava os membros arrefeceu-se, e ela pegou a carta, mas a entregou novamente para Ana.

– Leia, você. Não conseguirei – pediu, carinhosa.

– Eu? Mas é sua! – intimou a irmã.

– Se não começar a leitura desta carta, rasgo-a e a queimo, meninas! – falou resoluta a mãe.

Ana sentou-se imediatamente na borda da cama. As crianças aproximaram-se enternecidas, querendo escutar atentas as palavras do pai; primeiro Maria Ifigênia, discute da tia, depois os três menores: José Eleutério, João Damasceno e Tristão Antônio.

Bárbara fez um gesto e chamou:

– Vem com a mamãe, Tristão, vem – O garoto engatinhou pela cama e aconchegou-se nos braços da mãe.

– Leia, então, Ana...

Ana abriu as folhas dobradas e principiou:

Minha amada Bárbara,

Como posso esquecer encantos tão formidáveis, a alegria de sua companhia, a sua voz macia, serena em meus ouvidos? O meu amor ainda não esmoreceu e ainda nutro a esperança de revê-la.

Minha amada Bárbara, os seus olhos me são guias na escuridão que me encontro; o seu sorriso, o entusiasmo que perdi há muito; a sua boca, a alegria de um homem solitário.

Ainda escuto sua voz e a saudade me aperta o peito. É dor tão pungente que sinto meus ossos, minha carne desfalecerem.

É saudade sua, minha amada, minha alegria, meu bem guardado nas Minas Gerais!

Saudade de todos, das crianças, de nossos filhos, daqueles domingos guardados na alegria constante da família, de nossos carinhos, de nossa ternura.

Amada Bárbara, estendo minhas mãos para pedir a bênção de Deus, do Senhor a você, aos meus! A distância não nos separou, mas mais aproximou.

Não desanime. Ânimo, eu estou de pé e beijo vocês todos, meus amados!

Parto para longe, contudo meu espírito se alarga e voa ao encontro dos meus...

Com muito e muito amor,

Inácio José de Alvarenga Peixoto

Quando Ana baixou os braços, Maria Ifigênia saiu aos prantos do quarto e d. Josefa retirou-se para confortá-la.

– Fique com Bárbara, Ana. Cuido eu de Ifigênia! – pediu a mãe.

Ana voltou-se aos sobrinhos, todos choravam. Abraçou-se a Eleutério e a João, apertava-os carinhosamente.

Bárbara não chorava. Tinha os olhos fixos no teto. Acariciava a cabeça do filho mais novo, mas parecia sonâmbula. Por fim, disse:

– Ele não vai resistir por muito, Ana.

– O que quer dizer, Bárbara?

– José morrerá logo, é muito sofrimento. Ele não resistirá – enfatizou.

– Não diga isso, querida. Pare! Vamos!

– Ele morrerá porque sofre uma solidão incrível longe de mim, Ana... Longe das crianças, sozinho, meu José morrerá – disse com voz trêmula, infeliz.

Bárbara, no entanto, não derramou sequer uma lágrima.

Ana continuou olhando-a, perplexa enquanto permanecia deitada com a mão esquerda acariciando a cabeça do filho, os olhos fixos no teto.

– Ana, por favor, quero ficar sozinha.

As águas sacudiam levemente a embarcação. O céu estava límpido, sereno. As águas, tranquilas, e ele, debruçado na amurada, mas os olhos se permitiam vagar pela imensidão atlântica.

"É, sozinho, indo para o desconhecido, para Ambaca, em Angola. Que me espera? Pior do que já suportei creio que não. Sozinho, eu que tive mulher, família, amigos e um traidor! Sozinho em marcha para o desconhecido..."

E assim foi.

Inácio José de Alvarenga Peixoto não resistiu aos primeiros seis meses em Ambaca, vindo a falecer em 27 de agosto de 1792, contando quarenta e nove anos de idade.

Estava realmente sozinho, amparado pelos nativos e acolhido por poucos colonos portugueses.

EPÍLOGO

SÃO GONÇALO DO SAPUCAÍ, FEVEREIRO DE 1793

Chovia. A noite foi tempestuosa, e os ventos sacudiam as vidraças das janelas com violência. Certo furor da natureza quando ondas, energias e força se desencontram e querem resolver o fenômeno: a tempestade.

Bárbara não conseguiu adormecer durante toda a noite. Sob a luz da lamparina, com os olhos voltados para a janela contígua à cama, observava os galhos das árvores se contorcendo, os ramos voando, os clarões vertiginosos e o estrondear dos trovões.

A tempestade, em vez de deixá-la inquieta ou angustiada, sossegou-lhe. Seu ânimo aninhou-se em bons pensamentos e afloraram também os sentimentos puros, isentos de malícias ou malquerenças.

A mulher, ainda jovem em anos, acalentava no espírito as certezas de uma boa vida: pôde ter um marido bom, trabalhador e pai.

Sim, Alvarenga mostrou-se garantido em suas ambições, quando deixou a magistratura para trabalhar com a lavoura e a mineração, não agira com despreparo ou irresponsabilidade, mas dentre os vários fatores de falências e endividamentos encontramos a Colônia, que devia sempre altos impostos à Coroa portuguesa.

Bárbara estava só, mas acompanhada pelas lembranças do poeta que, em saraus e encontros, mostrava seus versos e sonetos ao lado de Cláudio Manuel da Costa e Tomás Antônio Gonzaga.

Ela participou indiretamente dos encontros e reuniões dos inconfidentes. Acreditava nas propostas e incentivou a participação do marido.

As propostas e ideias eram verdadeiramente voltadas para o bem de uma sociedade que não mais se enxergava sob o domínio estrangeiro, sob articulações e dispositivos europeus que não compreendiam a realidade comercial, financeira e cultural da Colônia brasileira.

Quando abriu os grandes olhos pretos, mal descansada, com dores no corpo e na cabeça, Bárbara estava envelhecida. Olheiras profundas sulcavam a região dos olhos.

Despertou, ergueu-se resoluta e, com os gestos certos, chamou Ana com voz boa, voz segura, sem tom de choro, mágoa.

Ana assomou à porta com mãos seguras à frente, apreensiva.

– Que foi, Bárbara? Está se sentindo mal? Quer alguma coisa? – perguntou Ana, solícita.

– Não, estou bem. Troque de roupa, logo me apronto. Vamos sair! – disse, seca.

– Sair? Para onde vamos com esta chuva? – preocupou-se a irmã.

– Vamos, Ana, nada de perguntas. Estou bem, quero sair daqui um pouco... – disse, calma.

– Bem, vamos visitar alguém?

– ...

– Bárbara?

– ...

Ana retirou-se meneando a cabeça:

– Meu Deus, me ajude – murmurou desalentada.

Bárbara prosseguiu silenciosa e falando sozinha, ora cantarolando, ora assoviando, examinando saias e vestidos. Pediu que aprontassem a carruagem e meia hora depois estava na varanda, de pé, esperando a irmã.

Toinho chegou sorridente com a carruagem pronta e acenou-lhe. Ela correspondeu.

"Ele era amigo do Inácio. Um negro familiarizado com o seu senhor. José gostava muito dele!", pensou Bárbara e então sorriu, e o seu sorriso abriu a beleza guardada e ressentida.

Ana aproximou-se ainda apreensiva.

– Aonde vamos, Bárbara? Quero saber – exigiu.

Bárbara deu-lhe a mão para descerem os poucos degraus e respondeu serenamente.

– Vamos ao campo prestar homenagem ao José – disse e, com rapidez, entrou na carruagem e se sentou.

– Campo...?

– Sim. Como morreu longe de mim e prezava deveras o campo, as flores das Minas Gerais, vou ao melhor campo, à mais bonita paisagem, para prestar-lhe homenagem! – disse confiante.

Ana apenas olhava a irmã, comovida.

– Vamos, então, é hora! – animou-se.

A chuva não dava trégua, mas as duas irmãs permaneciam de mãos dadas, unidas, amigas na dor.

– O lugar é bonito? – quis saber, Ana.

– Sim, é bonito. Ele me acompanhava sempre!

– A chuva não vai atrapalhar?

– Não, não, querida. A chuva agora me encanta!

– Vamos colher flores como antigamente? – Ana voltou-se para a irmã, feliz.

– Claro, ficaremos encharcadas como ficávamos quando crianças, não é mesmo?

E olhando para a frente, sorridentes, deixaram-se levar pela carruagem.

– Vamos! Força, Toinho. Queremos chegar logo! – gritaram juntas.

BIOGRAFIA DOS PERSONAGENS QUE COMPUSERAM ESTE ROMANCE

BÁRBARA HELIODORA GUILHERMINA DA SILVEIRA

Ativista e poetisa. Mulher de olhar amplo e ideais francamente largos e honestos. Assim que conheceu Alvarenga Peixoto, mostrou-se interessada pelo jovem advogado, com quem se casou e tiveram quatro filhos: Maria Ifigênia, José Eleutério, João Damasceno e Tristão Antônio. A primogênita faleceu aos 13 anos, em decorrência de uma queda de cavalo.

De beleza excepcional e gestos elegantes, era desejada por vários fidalgos de São João Del Rey. Filha de José da Silveira, homem de ascendência ilustre, Bárbara nasceu em 3 de dezembro de 1759 na referida cidade.

Envolveu-se e comprometeu-se, demasiadamente, nos planos e projetos da Conjuração, mais animada e impulsionada que o próprio marido.

Quando o terror se instalou por ocasião dos autos de Devassa – a peça produtiva no decorrer do processo judicial, como as petições, termos de audiências, certidões e outros documentos –, logo perturbou-se porque seu marido seria implicado.

Viu lenta e danosamente a ruína de seu patrimônio, o marido ser exilado e outras dificuldades. Suportou com dignidade, mas seus últimos anos como viúva foram aflitivos e a tuberculose a acometeu nos seus dias derradeiros, vindo a falecer em sua casa de campo, em São Gonçalo da Campanha do Rio Verde, em 24 de maio de 1819.

INÁCIO JOSÉ DE ALVARENGA PEIXOTO

Nasceu no Rio de Janeiro, em 1742, e cursou os primeiros estudos no Colégio Jesuíta. Em Coimbra, estudou Direito e voltou ao Brasil para estabelecer-se como ouvidor em Juiz de Fora.

Poeta. Homem de singular sensibilidade. Era confortavelmente amparado pelos conselhos da mulher, Bárbara Heliodora. Com seu espírito de aventura e novidade, dirigiu-se à comarca do Rio das Mortes e adquiriu terras para implantar negócios produtivos na mineração, além das promissoras perspectivas do comércio e mercado brasileiros.

Sua poesia se destaca como laudatória (que elogia) e lírica, também no espírito árcade como de Tomás Antônio Gonzaga e Cláudio Manuel da Costa.

Envolveu-se na Conjuração Mineira e foi preso, enviado à ilha das Cobras, no Rio de Janeiro, onde a angústia e ansiedade apertaram-lhe deveras o sofrimento.

Exilado a Angola, quando o navio aportou em Ambaca, já estava morto. Era 27 de agosto de 1792.

TOMÁS ANTÔNIO GONZAGA

Nasceu no Porto, Portugal, em 1744, e veio ainda menino com a família para a Bahia. Sua família era abastada, por isso cursou Direito em Coimbra.

Poeta, homem de iniciativa e de energia bem conduzidas. Tomou conhecimento das ideias iluministas e árcades e homenageou o marquês de Pombal no *Tratado de Direito Natural.*

Quando voltou ao Brasil, relacionou-se amorosamente com Maria Doroteia Seixas, uma jovem então com 16 anos e, ele, contando 37. Cantou essa experiência em versos no poema *Marília de Dirceu,* que é considerada uma das mais primorosas manifestações literárias brasileiras.

Participou da Inconfidência Mineira, sendo acusado, preso e mandado ao Rio de Janeiro, onde ficou encarcerado até 1792. Exilado a Moçambique, casou-se e se intrometeu na política local, morrendo em 1810.

CLÁUDIO MANUEL DA COSTA

Nasceu em Mariana, Minas Gerais, em 1729, e estudou com os jesuítas. Completou seus estudos em Coimbra, onde se formou advogado.

Poeta. Homem de robusta erudição e vida solitária. Em terras portuguesas tomou contato com as revoluções culturais promovidas por meio do filósofo Verney e fez sua introdução nos procedimentos da Arcádia Lousitana.

Em Vila Rica, exerceu o Direito e foi administrador. Seus poemas retratam com vigor o espírito árcade literário e se aproximam da lírica de Camões.

Foi encontrado morto, em sala contígua ao grande salão de sua vasta casa. A alegação oficial para sua morte foi a de suicídio, mas à boca pequena divulgou-se que fora assassinado. Era 4 de julho de 1789.

JOAQUIM SILVÉRIO DOS REIS MONTENEGRO LEIRIA GRUTES

Nasceu em Monte Real, Portugal, em 1756. Traidor. Homem de voz baixa e olhar enviesado. Era Coronel Comandante do Regimento de Cavalaria Auxiliar de Borda do Campo.

Por motivo da alta cobrança de impostos pela Coroa Portuguesa, declarou falência. Porquanto se envolveu na inconfidência, nas reuniões secretas por uma república nas Minas Gerais.

Não crente da abrangência da conjuração, inseguro e covarde, logo se tornou um dos mais renhidos delatores do grupo.

Sua delação está comprometida por mistérios e controvérsias, contudo, à época bem se sabia que foi o mais feroz traidor, querendo como prêmio da delação, coisas como: recompensa em ouro; cancelamento do débito; cargo público de tesoureiro da bula de Minas Gerais, Goiás e Rio de Janeiro; uma mansão como morada; pensão vitalícia; hábito da Ordem de Cristo e fardão de gala.

Amargou pelo resto da vida a peja de ter sido o principal traidor, por isso malvisto e malquisto. Sofreu alguns atentados.

Diversas foram as viagens entre Brasil e Portugal, mas por fim descansou em São Luís do Maranhão em 17 de fevereiro de 1789. Morreu em 1819 e seu túmulo foi destruído.

JOAQUIM JOSÉ
DA SILVA XAVIER

Nasceu na Fazenda do Pombal, que pertencia à Vila de São José do Rio das Mortes, em 12 de novembro de 1746. Ativista e militar. Homem de intrépida energia e vigor que raiava ao espetáculo de bravura. Foi um militar de patente baixa, mas que manteve o orgulho patriótico. Trabalhou ao lado de um tio, Sebastião Ferreira Leitão e aprendeu pequenos ofícios além daquele que o notabilizou: dentista.

Com o passar dos anos tornou-se admirável técnico em mineração e reconhecimento de terrenos. Em 1780 estava no exército, logo, tornou-se comandante dos Dragões.

Insatisfeito com a sua condição de permanecer alferes, aproximou-se do grupo dos conjurados e pediu afastamento militar, tornando-se um daqueles mais entusiasmados, senão o mais engajado. Era por demais animado tanto nas reuniões quanto no recrutamento de novos membros.

Quando houve a traição, imediatamente foi considerado o mais celerado, ou seja, criminoso a ser procurado e aprisionado, e de fato, como um dos mais ativos dos conjurados. Tiradentes foi o único a ser executado por ordem de D. Maria I, a louca, porquanto foi enforcado no Largo do Rossio, em seguida esquartejado e sua cabeça espetada em um poste em Vila Rica. Foi exibido ao público em morte cruel e violenta no sábado de 21 de abril de 1792.